セーチャメ

三姉妹

金由汀
Kim Youjung

社会評論社

세자매

セーチャメ（三姉妹）

I

（一）兎山村《トサンマウル》

山は、椿の赤や黄に染まり、頭の芯がしびれるような甘い香りに包まれていた。

ウォルミ（月美）とウォルゲ（月啓）の姉妹は、松葉と柴の束を背負っていた。姉妹は太く長い三つ編みの髪を背に流し、首を垂れ前かがみになって影をひきずっている。ウォルゲは青い洟汁がズルズルと落ちてくるので、そのたびに右のひとさし指で小鼻をひねり、音をたてて道端に飛ばした。

ウォルゲが畑の畦に入って、熊笹の新芽を抜きとった。春はまだ浅かったが、青い芽が競って並んでいる。ウォルミも続いた。ウォルミが手にしたものは三センチくらいのものだったが、首ひとつ高いせいでウォルゲのうなじを越えて、五センチを超えるものがウォルミの眼に入った。ウォルミは、妹のをひったくり自分のと入れ替えた。

「もう！　お姉ちゃんはぁ、返してッ」

「小さい方が柔らかいの」

白眼を光らせて姉を睨みながらも、いつものこととあきらめたウォルゲは、新芽の茎から葉をむしって白い身をかじった。しがんでいると白い身の中からしずくが出てくる。それが唾液と混じると、口の中に甘さが広がっていった。

どこからか口笛が聞こえてきた。竹笛のように尾をひくかと思うと、まるで誰かに優しくささやくかのような旋律に、ウォルミの足が止まった。ウォルミはすばやく眼を四方にこらして藪の方を見るなり、顎をひねった。ペッ、と音をたて口の中から白い身を吐きとばしたウォルミは、背の荷を放りだした。

「先に帰り」

ウォルミは左足の藁靴が脱げたのも構わず、前かがみになって一目散に走っていった。

一瞬のことであっけにとられたウォルゲは、その場に立ちすくんでいたが、よろよろと道の端に寄って、いきなり股袴を下ろしてかがみ放尿した。今まで我慢していたとでもいうように、勢いのある尿は土を削って泡だち白い湯気をたてた。ウォルゲは肩を震わして深呼吸をした。まだ花のつかない梅鉢草が朝露に濡れている。かすかににがく青い匂いがして、それがやおら脱糞へと繋がった。ウォルゲは、暖まっているだろうかと小石を拾ったが、冷たい感触にそれを捨て、蓬の新芽をひと握りちぎって尻を拭いた。ミミズが驚いて身をくねらせた。ウォルゲは頬を震わせて立ちあがった。

昨夜は島に風が吹き荒れた。それはまるで、海の彼方で吹きすさぶ台風に出合ったかのようだった。

そんな日は松葉が地面に落ちている。朝からふたりは松葉をかき集めた。ふたりは、紐の先に石をくくりつけ、勢いをつけて木の枝にひっかけた。そうして木を揺さぶり枯れ枝を落とす。松葉と柴をからませると、八キロくらいのしっかりとした束になった。背負子《しょいこ》に乗せるにもひとりでは無理なぐらいだった。これをどうして姉の分まで持っていけるというのか、とウォルゲは途方にくれていた。放って帰るとまた明日にでも山に行かされる。ウォルゲはそう考え、石の上に背負子を立てかけ姉の分を重ねた。持って帰る松葉と柴が少ないと母のミンスッ（民淑）にしかられる。ヒステリックにどなられ、棒をもって追い回される。すばしこく逃げるウォルゲは、その分だけ余計に腹が空くので思い直した。

この時、十歳のウォルゲは、身長が百三十センチしかなく、荷は彼女の頭を超えた。ウォルゲは自分の背よりも高い荷を背負い、なんども転びながらやっと家に戻った。

一九〇三年の春遅く、放浪巫女のミンスッはウォルミの手を引いてウラジオストクから漁船に揺られて清津《チョンジン》に着いた。飢餓状態の半島から、中国東北部やウラジオストクやチジンへ川沿い（沿海州）に移住しはじめていた家族連れとは反対の道のりだった。町や村で托鉢のまねをしてみたり、死者の弔いや病身の祈禱、さらには雨乞いなどの巫堂《ムーダン》に参加して歩いた。そうして半島を横断し、済州島に着いた時、ミンスッの腹は裳《チマ》に隠れてはいるが、肩で息をするので、それと知れた。

ハルラ山（済州島の中央に聳える山、朝鮮半島一高い山）の麓にある小さな村の隅、側火山にかかるところに一軒のあばら家が捨て置かれていた。そこは、藁屋根が半ば腐って傾き、いたるところに黒い苔が生えていた。軽石のような黒い玄武岩を重ねただけの囲いがところどころ崩れかけて、雑草が芽を出していた。家屋の中は暗い。

ミンスッがそこへ入って棲みついてから、しばらくした初夏の早朝、陣痛が一気にやってきた。ミンスッは、汗をふきとりながら土間に藁を敷きかまどで湯の用意をした。すでにお産の印があった。ミンスッは天井の梁に通した紐を持って、子宮のいきみに合わせて息を吐いた。腕は紐を持って万歳のようになっている。つま先立ちで深く腰をおろし膝を開いた蹲踞《そんきょ》の姿勢になった。何回も歯をくいしばって、いきんだ後、バシャッと、羊水が破裂する音と共に血まみれの嬰児が頭を出した。嬰児はぬるっとした膜を被ったまま、藁の上に頭をつけて逆立ちになった。かがんで嬰児の肩を持って両手で抜いた。次に臍の緒を噛みちぎると、嬰児は藁の上に落ちた。すぐさまミンスッは嬰児を抱きかかえ、嬰児の鼻と口に自身の口をあてぬめりを吸った。そうしてから嬰児を湯に浸けた。八ヵ月の早産のため、嬰児の五本の指と指の間は、魚のひれのような薄い膜が張っていた。その手をひろげて宙を泳ぐようにもがく嬰児が、弱弱しく、オンギャ、と産声をあげた。ミンスッは、この日のために用意しておいた布を広げてから、沐浴させた。じっと嬰児の顔を見た。朝日が簾越しに嬰児を照らしている。まるで、この出産を祝うかのような陽の光にミンスッは、眼を細めて光の帯を見やった。

しばし、ミンスッはぼんやりとしていたが、ハッと気がついて嬰児を寝かせ、部屋の隅にいて、猫のように縮こまっていたウォルミを呼んだ。そして、ウォルミを自分の腹の上に乗せて跳ねさせ後産を出してから、ぼろ布で自分の腹をしばった。

ウォルミが生まれたのは、月の明るい夜だったので、月美（ウォルミ）と名づけたことをミンスッは思い、父親が違っても姉妹という意味から、嬰児にも月の一字を入れることにした。たまたま、古い新聞紙があって、そこへ眼をやると、ハングルに混じって啓という字があった。それで、月啓（ウォルゲ）とした。

この年は、半島のどこといわず、旱魃のあおりで穀物は焼け、家畜もすべて斃れる飢饉が続いた最後の年だった。

島では、男は山に草の根を掘りに行き、松の皮と藁を混ぜて食べていた。女たちは土を口に押しこんで、みみずを噛みちぎり、カタツムリを求めて地を這い廻っていた。

海の蟹や貝などは、飢えた子にすべて掘りかえされていた。女たちの乳が涸れて乳児は痩せ細り真っ黒になって死んでいった。偶然に、草深い山郷でウォルゲが生を受けた時、気管が塞がったまま、息を吹きかえすことがなかったとしても、どれほどの悲しみがあっただろうか。いや、それをよしとしたかもしれない。死児を煮て食べねば生き続けることができなかったほど、人は飢え狂っていた。しかし、ウォルゲの気管は開き、弱弱しくも彼女は暗い闇の底から這いでてきた。また、巫女の娘に生まれたことにウォルゲの運があったといえる。雨乞いや病身の祈禱には、粟粒であってもありつくことができて、命が繋がった。

ある村人は、強風が吹き荒れた朝気づいたが、廃屋に人が出入りして光を反射したウォルミの産毛が金色に揺れた、と、まぶしげな表情をして語り、かたや、あれは秋の満月の夜だった、上衣《オッコルム》の紐を翻して廃屋に親子が入って行った、という人もあったが、ミンスッたち親子は、乞食のように語られた。

ミンスッは、半日ほどは、五歳になるウォルミにウォルゲの守りをさせて、大陸を渡ってきた独特の祈禱をして歩いた。ウォルミは、むら気の強い性格の上に、まだ幼かった。稗《ひえ》をどろどろに煮たものをウォルゲに食べさせようとするのだが、飲みこむのも待たずにウォルゲの口に入れるので、ウォルゲは噎《む》せて吐き出した。辺りいっぱいに飛び散った粥を見て、ウォルミは、一人前にミンスッの口真似をして、ウォルゲを折檻した。

「アイゴッ、この子《イノマ》ったら」

そう言って、ウォルゲを叩いたウォルミは、戸を閉めて庭に出た。ウォルゲは、バブバブと声を出して部屋の中を這い廻り、手にした物を片っ端から口に持っていった。そのうち、ブルッと身を震わせたウォルゲは、黒眼を真ん中に寄せて座った。そうした時、ミンスッならいち早く気がついて小便壺に座らせるのだが、あいにく、ウォルゲはこの時ひとりだった。糞をひねりだしたウォルゲは、気持ちが悪いのか、手で尻をまさぐった。手についた糞を口に入れた途端にウォルゲはけたたましく泣いた。ちょうど、ミンスッが帰ってきて、そのウォルゲの姿を見て笑いだした。

「アイゴッ、犬糞子《ケットンイ》じゃなくて、豚糞子《トンテジ》だあ」

そう言いながらミンスッは、すばやく自分の腕にウォルゲを挟み抱えて庭に放りだした。

それから三年経って、もうひとり娘が生まれた。ウォリ（月伊）と名づけられた。それぞれに月《ウォル》という一文字が入る名がついていたが、三人とも父親が違うせいで、外見といい性格までもまるっきり違って、山の子には似つかわしくない娘たちだった。

長女のウォルミは、背が高く色白だが貧血を抱えていた。気位が高くいつもツンと澄まして歩く。妹ふたりを自分の召し使いのように扱った。ウォルミの父は、王族の血をひく両班《ヤンバン》（貴族）の息子だとミンスッは説明していたが、その血筋をただひとつの矜持として、生涯遊んで暮らした男だった。そんな男の慰みにしかすぎなかった末に生まれたウォルミは、父の顔すら知らず、男もウォルミが生まれたことさえ知らない。ウォルミはそんな父の血を引いたせいなのか、それとも、

「アイゴ、人には生まれもって身分の違う宿命というものがあるんだよ。あたしは、あの、気にいった女を見れば放っておかなかったという、高貴なお人の子を産んだんだ……。でも、アイゴ、女だったよ、女！　カスだ、カス。これが男だったら。あたしの人生も変わっていたよ」

子守り歌代わりに父のことを語る母の影響なのか、自分は女であるけれども、生まれもって人に傅《かしず》かれる運命の持ち主だと信じて疑わなかった。ところが、お化け屋敷のような処に棲みながら、ミミズが出ただけで、妹のウォルゲを呼び泣き叫んだ。

ウォルゲは、抜けるように白い肌をしていたが、顔は日に焼けて黒く茶褐色の色をしていた。素手で蛇ほどのミミズでも平気で捕まえる。また、走っていく鼠のしっぽを指ですばやくつかむこともできた。飛んでいる蝿などは、棒きれを箸のように持って難なくつまみとった。大きなガマガエルなども平気で追い払ったりした。ウォルゲの瞳は白眼が勝つ薄い茶色だったが、太陽の光にあたると、時折、青くなった。汗ばんだ時など眼が青く光るので、ウォルゲは、村の子にそれを指摘されたりすると、隠しもっていた蛇やカエルなどを相手に投げた。爾来、村の誰もそのことを口にしなくなった。ウォルゲは、眼が青くなる自分の父は誰なのか、母に聞いたことがなかった。ある時、なにげなく、ウラジオストックという、遠いロシアからこの島に着いておまえが生まれたんだ……というミンスッの独り語りのような話を聞いてから、ウォルゲにある確信のようなものができていた。

済州島の磯では、引き潮になると一メートルくらいの浅瀬ができるのだが、ウォルゲはその浅瀬に潜って、ワカメやザリガニ、貝や小さな魚などを捕ってきた。浜の子どもたちは、まず、蟹のいる水たまり《ケンイトン》と呼ばれる磯蔭で海とたわむれ、次第に泳ぎを覚えていくのだが、放浪巫女の娘ということからか、ウォルゲはその仲間には入れてもらえなかつた。しかしウォルゲは、ひとっ飛びに大海が盥《たらい》に縮まったような浅瀬で遊ぶうち、何回も溺れそうになりながらもいつしか独りでに泳ぎや潜りを覚えていった。

末娘のウォリは、ふたりの姉のどちらにも似ず、おとなしい性格だったが、自分の頭で考えるということのできない、知恵足らずのところがあった。しかし、物ごころついた頃から、ミンスッが祈禱を始めると、姉妹の中で彼女だけが興奮し、眼の色を変え、ふわふわとした手の動きを見せて動きまわるのだった。

時々、ウォリの父と名乗る、背が低くて唇の厚い男が訪ねてきた。彼は、朴訥なのか阿呆なのか、よくわからなかった。いつも無表情のまま、粉のよくふいた昆布や胡麻、根のついたワカメなどを持ってきて置いていくのだった。

十四歳になったウォルミの乳房が膨らみはじめた。そこだけがまるで生き物のようにお椀形に隆起していった。肩や腰も丸みを帯び肌が湿って、ひときわ目立ってきた。それを意識したウォルミは、恥ずかしがるどころか尻を振って歩き、村の男を挑発した。いや、正確には、その意味を知らず持って生まれた性格から、変化していく自分の体に見惚れ、誇示していたのだった。ウォルミの声は、この頃からくぐもって、まるで糸をひくように余韻を残しかすれていった。夢を見ているかのごとく眼は潤み、のみならず、瞼をあげると、妖艶な輝きをもって、まるでなにかを必死で訴えかけるように見えた。ところが、思い通りにならないことがあると、その眼はキッと吊り上がる。今、笑っているかと思えば、急に怒りだし、瞬時に豹変するのだった。

この朝、姉の分まで松葉と柴を持って帰ったウォルゲは、味噌甕を覗いた。この前の雨漏りの時に味噌甕に水が入ったせいで、綿菓子のような白いカビが生えていた。ウォルゲはカビを手でつまんで取り払った。つまんだ手を股袴にこすりつけてから、乾いた布で甕の内側をふいた。その時ウォルゲは、味噌をひとつかみ口に入れ、側にあった古い新聞紙で甕を覆い紐で縛った。それから、麦飯に水をかけて食べた。足と腕が痛い。水甕には水が残り僅かになっている。水汲みに海岸べりにまで行かなくてはならなかった。水……、水を汲みに……。寝ころんでそんなことを考えているうち、ウォルゲは浅い眠りに落ちていった。母のミンスッは、妹のウォリを連れて村の堂に行き留守だった。

ウォルミや……と囁く声がした。低くねばった声が何度もする。ウォルゲがその声に眼を覚ますと、股袴がめくれていた。歯の抜けた男が、ウォルゲをウォルミと間違えて、ウォルゲの太ももに指を這わしていた。男はなんども指を唾液で濡らしては、小便臭く、ネバネバとした陰部の周りをまさぐっていた。ウォルゲは驚いて跳ね起き男を蹴飛ばした。尻もちをついた男は、それでも、ヒヒヒ、と歯のない口を開けて笑った。ウォルゲは、水甕を背負って飛びだした。

日暮れ時、ウォルミは眼の下に隈をつくり、三つ編みの髪がほどけて乱れた姿で帰ってきた。上衣の紐はちぎれ、破れた股袴を引きずり、放心したように眼はうつろに虚空をさまよっていた。額には擦りむいた傷があった。ウォルミは、ゆっくりと水甕から瓢箪で作った柄杓で水を汲み、のっそりと顔を洗い口をすすいだ。それから、ぼろを濡らして太ももから足首まで拭き、乾いていた血糊をはがした。その緩慢な動作は不思議な浮遊感をもっていた。が、ふり返ってウォルゲを見たウォルミは、一瞬、眼をキッと吊りあげたかと思うと、唇を歪め喉をならしてキッキッキと笑った。すると、額からにわかに血が滲み流れでて、鼻のそばに凄惨な縞を作った。ざんばら髪がまとわりつく血まみれの姉を見て、ウォルゲは震えていた。

それからのウォルミは、太陽の光が一段と強く大地を照らす日には、鬱蒼とした蔦がからまる木々をかきわけ、長く濃い影をひきずって地の底へと降りていった。巨大な榎を囲む薮に、火山岩が礎のように並んでいる洞窟の入口があった。ひんやりとしたそこは、その昔、大蛇が棲んでいたという場所で、後をつけてきた村の男たちとウォルミはそこが閨房ででもあるかのように交合していた。男たちは、奔放なウォルミに囚われて、頭蓋を貫く絶頂の雄たけびをあげていた。しかし事を終えてぬけがらのようになった男たちは、奇妙なものを見る眼でウォルミを見た。薄暗い洞窟の中にも屈折した、血のような夕日が差し込んできていた。汗で濡れた髪を首に巻きつけたウォルミが笑った。すると、男たちはブルブルと震えだした。そんなに遠くない昔、この洞窟に毎年のように生娘が生贄にされたという伝説を思いだしていた。眼の青い蛇鬼の幻覚に襲われた男たちは、そわそわと帰り支度を始めていた。ひとりの男が、小さな蛇を踏んだ。と、その時、誰もが同時に、ギャーと叫んだ。ギャー、ギャッ、ギャォーという声は洞窟の壁に反射し半鐘のように響いた。村の男たちは、歯が噛みあわなくなっていた。男たちは慌てふためき、それでも悪態をつくのを忘れずにいた。ウォルミは、蛇鬼神《ペムキシン》だ！　と叫びながら首をすくめ半裸のまま逃げ出していった。

それからのウォルミは、村の男に飽きたらず町の男とも関係していった。男の妻だという女がどなりこんできても、当のウォルミは、涼しい顔をしていた。

「あたしが何をした」

と言い放つ。男の妻は、小娘にバカにされたことで、亭主への怒りをウォルミにぶつけた。

「おまえのような小娘になにが分かる」

眉を吊りあげ、歯をむきだした男の妻はウォルミの髪を引きずった。しかし、若いウォルミには力が余っていた。お互いに服をむしり、千切り、裸になって組みあった。終いには、お互いの陰毛までむしりとるのだった。それほどにひどい折檻を受けても、ウォルミは翌日にはケロっとした顔をしていた。そんなウォルミは、犬畜生《ケーセッキ》と呼ばれ幼い子からは石を投げられた。そんな時でも、彼女は口を半開きにして夢うつつのように、上目遣いになって遠くを見る眼をしていた。

ミンスッはいつも、夜明けとともに出かけ日が暮れて帰ってきたので、ウォルミのことは、彼女の腹が膨れてくるまで気づかなかった。ウォルミの変化に気づいたミンスッは、万年青《おもと》を煎じて飲ませたり、冷たい水の中へウォルミを浸けたりした。ところが、よほど生命力の強い胎児なのか、ウォルミの子宮の奥ではがれずにいた。堕胎できないと悟ったミンスッは、ウォリの父と相談した。町で雑貨を商っていたウォリの父は、ウォルミを町の老人のところへ妾に出すことを提案した。島では、家と畑さえ持てば年寄りでも何人もの女を妾にできたのだった。済州島の女は、雨露さえしのげる場所と畑を与えられれば、畑を耕しながら海に入り、自分の喰いぶちは自分で賄うのだった。しかし、ウォルミには働くという感覚が欠けていることを、この時、誰も気づかなかった。

月足らずで女の嬰児を産みおとしたウォルミは、体中の血が入れ代わり汚物が流れでたためか、より一層透き通るような肌になった。ウォルミは自分の体型が崩れ乳房が垂れるのを恐れた。溢れる乳を絶ち老人の元へ嬰児を置き去りにしてウォルミは逃げた。

奔放なウォルミのせいで、老人から慰謝料代わりの金を請求され、乳飲み子を抱えたミンスッは、それから、眼にするもの全てが鬼と映っているようだった。彼女は、いつもオドオドと首をすくめて歩くようになった。人々は気味悪がっていた。しかし、いざ、祈禱が始まると、降神と祈禱がなめらかに進みその気迫に村人は圧倒された。その頃、村にもキリスト教が入ってきていたが、まだまだミンスッのような巫女を村人は頼っていた。

ある日ミンスッは、ウォルミが着ていた上衣を祈禱台に置いてから、立って祈りを始めた。ミンスッは、それまで北から南へと半島を縦断し、村から村へと遊行を続けていたせいで、独自の呪文をもっていた。済州道生え抜きの巫堂とは違った祈禱をする。

ミンスッは、腰をなんども折り曲げ両手をこすりあわせて呪文を唱えた。神霊よ、神霊。不浄なるもの斥けて……と呟きながらミンスッは、祈禱台にある水を口に含んだ。頬を膨らませたかと思う間もなく、プッと辺りにふきかけた。

そして、ぶつぶつと呪文を唱えてから、掌をこすり合わせ、おじぎをしては、立ちあがって舞った。それからミンスッは皮ひとつ残して斬首されたかのように首を垂れた。そのまま狂ったように跳び跳ねた。

ウォリは、すでに恍惚の状態にあった。わずか十歳だというのに、跳び跳ね、尻もちをついては、また跳んでいるミンスッの姿を見て、口をだらしなく開け、涎をこぼして見とれていた。

ミンスッが部屋に水を吹き呪文を唱えていると、ウォリはいつの間にかミンスッの後ろについて歩いていた。

ウォルゲは、河口までの水汲みにはひとりで行くようになった。河水が流れる岩の隙間から湧水が溢れでていた。汲めども汲めども溢れている。そして、引き潮になると水の底が割れたかのように、一層、青い湧き水が跳ねるように踊りでてくるのが見えた。海水を押しのけるような泉にふれると、ピシッと叩かれるような冷たさだ。ウォルゲは泉の底をのぞくようにして見た。そして、ぶくぶくと吹きあがる泉の底に沈んでいた石を見つけた。それにはなにか刻まれている。ウォルゲは泉に顔をつけて眼を開け、手をのばした。しかし、届かない。上半身を潜らせてその石を拾った。誰かが祈りをかけたのか、苔むした石に文字が刻まれていた。ウォルゲは、石を手にしながら、字を覚えて読めるようになると、また違う世界があるのだろうか、と思った。また、自分は眼で見ていても見えていない、と気づいた。この頃からウォルゲは字に対する憧れを強めて、字を覚えたいと思うようになっていった。

毎朝、ウォルゲが水甕を背に歩いていると、村の中心にある寺子屋で千字文を音読しているのが聞こえてきた。ウォルゲは、小屋の側に寄り聞き耳をたてた。

ある時、小屋の側に立って聞いていると、にきび面の若い男に手を捕まえられ、引っ張られた。ウォルゲは、とっさに、男の手首に歯を立てた。ギャーという叫びを背に、ウォルゲは一目散に走って逃げた。水甕を背負ったまま走ったので、水はこぼれて、藁靴の底が薄くなっていたため、ウォルゲは滑って尻もちをつき転んでしまった。その刹那、背負っていた水甕が縄からするりと抜け、大きな音をたてて割れた。ウォルゲは慌て、必死に水甕の欠片《かけら》を拾った。彼女にはそれが徒労であることすら考えることができなかった。ウォルゲの思考は止まっていた。その時、ウォルゲに手首を噛まれた男が、いきなりウォルゲの上衣の紐を引っ張っぱり藪の中へと引きずっていった。ウォルゲの頬を二度、三度と平手で打ち、落ち葉の積もった上へウォルゲを放り投げ首を絞めた。ウォルゲは気絶した。

どれくらいの時間が経ったのか、ウォルゲは、股間に大きな棒を突きさされたような痛みに耐えていた。泣くことも分からなかった。陰部に手をやるとヒリヒリして、太ももにまでぬるっとしたものがこびりついていた。ウォルゲは驚いて起きようとした。股袴がめくれ破れていた。袴のあちこちに、血の混じった白いものが飛び散っていた。ウォルゲは、涙が出そうになったのをこらえて顎をあげた。ウォルゲは素直に泣けない性格なのだった。

海からの風がウォルゲの頬をなでていった。南瓜が午後の光を浴びて黄金色に見える。葉裏を通して逆光が眼に痛いほどに降りて、低い雲がちぎれて流れていた。ひばりが小石をはじき返して瞬時に飛びたち、雲に掠められて見えなくなった。ひばりはどこへ隠れてしまったのだろうか、とウォルゲは思った。四十雀も木々の間を飛びかって、そのさえずりがかしましく、いつもと変わらない風景だった。その様子を見ていたウォルゲは、鳥に嘲笑《あざわら》われたかのように感じた。今、自分は取り返しのつかないことになっているというのに、ひとかけらの自由もない。毎日毎日、退屈な水汲み、柴刈り。これが母のいう運命なのだろうか。すると、頭の中が割れるかと思うほどの痛みが襲ってきた。ウォルゲはいきなり気がふれたかのように瞳孔をひらき、頭を前後左右に動かした。そして腕を回した。虚空を掴むように、指を広げて風を切った。ワアーッ、ワアーと叫び、走っていった。藁靴が脱げ、足が切れて血が滲んだ。走って、走って、ウォルゲは海に向かった。

ウォルゲは、上衣と股袴を脱いで半裸になると、肺にいっぱい息を吸いこんで、急勾配の岩から飛びおりた。足から入って反転し、深みにまで泳いでいった。足の傷と股間の裂けた痕《あと》がヒリヒリと痛んだが、ウォルゲは、潮に洗われてしまえ、いっそのこと、このまま死んでしまえ、と、傷を引っかくような気持ちでいた。痛みがマヒしてきた。海の中では、青々とした藻が揺れていた。その陰から小魚がいっせいに飛び出してきて、ウォルゲを驚かした。小魚は群れをなして泳ぎ、また藻の中へと消えて行った。ウォルゲは、小魚の群れを見て、彼らがうらやましくなった。何も考えず、餌だけを求めて遊泳している。

その時、ウォルゲは、姉のウォルミも同じだと気がついた。本能のままに生きている。母と姉はいつも憎しみあうかのように言い争っていた。

「おまえみたいなズボラは、ホント、父親に似たよ」

そう言った母に、姉は、

「誰が産んでくれと言った」

今にも飛びかからんばかりに眼をむくのだった。いつもウォルミは、冷めた眼をしていた。

「ふん！　いくら努力したって同じさ。巫女の娘に父なし児、おまけに兎山村（済州島南部の村、娘に蛇鬼神が憑いて災いのもとといわれた）の娘ときちゃ、嫁にいっても、ウォルゲ……あたしらは蛇が憑いてるとかで、牛や馬よりひどい目にあうよ」

「人間なのに、牛や馬と一緒にして……」

「……だからおまえはバカだよ。見てごらんよ。牛や馬なら餌を与えてくれるし、蚤《のみ》や虱《しらみ》も取ってくれるだろ？　病気になったら大変だからさ。大事にするだろ？　島の女はどう？　ほら、それでなくても村の女は死ぬほど働いて、病気になったらまるで自分が悪いみたいに……。女の代わりはいくらでもあるってさ。あたしなんかバカらしくって、まともに生きる気がしないね」

とウォルミが言っていたのを思いだした。

母のミンスッは、行く先々で父の違う子を産んだ。母と姉が奔放なために、村人からはウォルゲも見下され、赤い舌を見せて卑猥な言葉を投げかけられていた。今、犬畜生となんら変わらぬ形で乱暴されて、その意味がわかったが、ウォルゲは、こんなもの、こんなもの、と腹だたしかった。しかし、どこへその怒りをぶつけていいのか、分からなかった。

ウォルミは、狂ったように男から男へと渡り歩いている。ウォルゲは姉のことが理解できなかった。組み伏せられ体を真ん中から裂くような痛みのどこがいいのか、とウォルゲは思うのだった。死んでしまいたいと思う反面、自分は流されないと強く思うことで、やっと平静を保つことができていた。

ゆっくりと蛸が泳いでいた。蛸が眼をむきだして、ウォルゲを見た。すんでのところで墨を吐かれそうになったウォルゲは、蛸から逃げ、さらに深く潜っていった。太陽の光が淡く射す海の底にまで来た。そこは静かだった。黒白模様の海蛇がヌーッと、ウォルゲの前を横ぎっていった。びっくりしたウォルゲは、手足をばたつかせて垂直に浮上していった。鼻腔から海水が逆流し、ぶくぶくと泡だっていた。耳鳴りがした。もうだめだろうか、とウォルゲは弱気になりそうだったが、七色に光るゆらめきが見えてきた。ウォルゲは、最後の力をふり絞り、足で海水を蹴った。やっと海面に躍りでることができた。ウォルゲは、ヒューッと、海女のように磯鳴き、深呼吸をした。ウォルゲの瞼の芯にまで血のような太陽の赤が染みていった。ウォルゲは岩に腹這いになって震える体を温めていた。

（二）海女の喧嘩板

まだ浅い春の早朝、肌寒い風がウォルゲの首をかすめていた。

石垣のわきにすみれが小さな花をつけていた。畑の周りには菜の花の蕾がふくらみかけている。ウォルゲは十四歳になっていた。風呂敷包みひとつを持って、済州島の東のはずれの浜を歩いていた。ちょうど、十五人ほどの海女が帆掛け船に乗るところだった。その中のひとりがウォルゲに声をかけた。

「あんた、こんなに朝早くから、ひとりでどこ行く」

ウォルゲが頭をあげると、他の海女が、声をかけた海女の膝をつついていた。

「あんたみたいな小娘でも、今の時代、人さらいがさらっていくんだ。気をつけな」

荒々しい海で鍛えられた顔と太い声だが、言外に優しさが滲んでいた。

「今から漁に行くのですか」

「そうだ」

「どこまで？」

「沖だ」

「牛島《ソツム》には行きませんか」

牛島とは、済州島の東にある海人の島である。

「行くといったらどうする」

「連れていってほしいんです」

「いやあ、あいにく、この船はそこまで行かないがね、牛島からも海女船に乗ってきてるさ」

「乗せてください」

「船と船の間を泳げるかね」

「はい」

「……そうだな。今日は、海も凪いでいるし、特別だ。乗りな」

この日はウォルゲにとって運がよかった。そう言ってくれたのは、腕きき海女だったのだ。

海女の世界には独特の序列が存在していた。腕ききの海女を上軍、あるいは、上海女といった。海女になった経歴が長くても、漁が下手で、浅瀬でもすぐに息が切れる者や見習いなどは、下手な者とか、下軍といった。そのいずれにも属さない中くらいの海女を中軍と呼ぶ。海女たちが揃って、プルトクという焚き火にあたる場合、上軍は上座に座る。上座は風を背にするのだった。下軍は風に向かって座るので、煙をまともに浴びる。上軍の発言には誰も逆らえなかった。

日が上がってきた。海女たちの顔を橙色に染めて船は出た。舳《へさき》が尖って櫓が三つあるこのような船を、彼女たちは、喧嘩板《サウンパン》と呼んだ。それまでの丸太を組んだだけの筏船に比べると速さは雲泥の差だった。船は沖へと進んだ。船には、背の低い初老の男がひとり居た。無言のまま立っている。若い頃には、筏船に乗ってスズメダイを捕ってきた歴史が、筋肉質の裸足に現れていた。

海は薄緑から深い群青色に変わっていった。船頭は、櫓を下ろし、刳《く》り眼鏡で海の底をのぞいた。ウォルゲは、海の底に吸い込まれていくような気になって苦しくなり頭をあげた。その時、先に声をかけて船に乗せてくれた上軍の海女と眼が合った。

「なんで、こんなに朝早く、歩いていたんだ」

そう言った海女の眼は強く光り、嘘を許さないといった厳しさと、反面、娘を案じるような慈愛にも似た表情に溢れていた。他の海女は、無言でウォルゲを睨んでいる。ウォルゲはどう返事をしたらいいか分からなかった。

彼女は、藪に連れこまれ乱暴されてから村の男の噂にのぼったのか、何度も襲われた。いくら敏捷でも男の腕力には負けた。ウォルゲは姉のように、男に抱かれ、抱くということに興味を覚えなかった。しかしウォルミは、さなぎが蝶に化けたような変化を見せて、官能を武器に、男と男の間を泳ぐように渡っていた。ある時、ウォルミは、済州市で地主の妾になったといって、三つ編みの髪を冠のように頭に巻き、麻の朝鮮服を着て帰ってきた。幼かったうなじの線も曲線をみせて、耳たぶも透けて見えるほどの白さに磨かれていた。麻の裳からも体のふくよかさが見てとれるほどだった。それほどに声や体は湿っているのに、性格は至って冷徹なまでに物事を割りきることができた。変わっていなかった。ウォルミは産んだ娘の顔さえ見ようともせず、また、廃屋のままの実家には入ろうとしなかった。一晩の宿を求めて村の男のところへ行き、翌日、山を越えて済州市へと戻っていった。それからの消息は聞こえてこなかった。

ウォルゲは姉のようには生きたくないと思った。自分の将来を考えるようになっていた。ひとりで生きていくためには海女になるのがいいのではないか、と思った。農業は畑がいる。畑を持つことができるのは男だけだった。妹のウォリのように霊感を持たないウォルゲは巫女にもなれない。海女だったら、体ひとつで食べていけるのではないか、人は海女のことを裸で海に潜るといって蔑むが、ウォルゲは、素手でも魚を捕ることができる、魚の言葉がわかるような気がする時さえあるのだった。

「海仕事を覚えたいのです」

言うが早いか、海女たちの間から嘲笑にも似た笑いが起こった。

「海仕事を覚えたいだってぇ」

誰ともなく言ったかと思うと、座がしらけたかのように静かになった。

海女たちは、鼠色の粘土のようなものを耳に詰めながら、ウォルゲに注目していた。それは耳栓だった。大きさは人によってマチマチだった。ウォルゲがじっと見ていると、浜で声をかけ船に乗せてくれた上軍海女が、さっきより大きくなった声で言った。

「それで、牛島に行きたいのか」

「はい」

「……牛島からの喧嘩板が見えたら教えてやるよ」

上軍海女はそう言って、水中眼鏡を頭から眼の位置まで降ろした。その時、海女の水中眼鏡に、蓬の葉が入っているのにウォルゲは気づいた。まばたきをしている眼が歪んで見えた。

「その葉っぱ、なにするんですか」

ウォルゲはおもわず聞いた。笑いそうになってウォルゲは慌てた。必死に笑いをこらえていた。それほどにウォルゲはまだ幼さが残っていた。すると、くだんの海女は、ジロッと眼を動かしただけだが、その代わりとでもいうように、見習いらしき下軍の海女がひとさし指を左右に動かして、磨くんだよ、と言った。それでウォルゲは納得した。きっとガラスの部分が曇ってくるのだろう。

海女のそれぞれが、水中眼鏡をつけ、ひょうたんで作った浮きに網袋をつけて海に落とした。腰には魚を突くゴムのついたヤス、岩の下にいる獲物を捕るときや水中で石をひっくり返す時などに使うコルゲンイなどがぶらさがっていた。熟練の上軍海女には、それにもうひとつ、磯金がついている。

平たい鉄べらの片方は鋭利な刃、もう片方は丸くなっていて、そこにひもをつけてアワビを獲るのだった。熟練の上軍海女でさえ、アワビの腹の下に磯金を差したまま、抜けずに溺れかけたりする。

大きく、肺に息を吸いこんだ海女たちが、次々と海の底に潜っていった。だが、一分が過ぎたころ、突然、ピューッと大きな声がしてウォルゲは驚き体を硬くした。浜で聞いていたそれよりも数段大きい声だったのだ。そうして上がってきたのは、下軍と呼ばれた海女だった。海女が順に上がってきては浮きに手をかけて浮いていた。しばらくすると、もう一隻の海女船が近づいてきた。すると、先の上軍海女が上がってきて、浮きに手をかけながら、なにやら大きな声で向こうの海女たちに話していた。まるで喧嘩でも売るような剣幕で話すので、ウォルゲは、自分のことを言っているのだとは思わず首をすくめていた。

「あそこまで、泳いでいきな」

ハアハアと息を弾ませて、上軍海女がウォルゲに、どなるように言った。ハ、ハイ。ウォルゲはそう言って股袴を脱いだ。そしてそれをまるめて、風呂敷包みの中へ入れ下穿きひとつになった。その風呂敷包みを頭の上に乗せて海の中へ音をたてて入った。海水は冷たかった。いきなり海水に浸かったせいか、心臓の鼓動が激しくなった。ウォルゲは左手で風呂敷包みを押さえると、右手で波をかき、足で水を蹴りながら離れていった。その様子を見ていた上軍海女は、

「牛島に行ったら、チョネ婆さんを訪ねていきな」

そう言ってまた、頭から海に潜っていった。後ろをふりかえったウォルゲは、その時、眼に見えない糸で強く引っ張られていく自分を感じていた。また、これからは、自分の意志で生きていくのだという、畏れと不安と期待との入り混じった複雑な気持ちで震えていた。ウォルゲは、自分でも驚くほどの力強さで牛島からの船に向かって泳いでいった。

(三) 牛島

臥した牛の背のように見えるところから、牛島と呼ばれると聞いていたが、陸に上がってみると、東に少し高くなった稜線が海に流れているのが見えるだけで、ウォルゲには、島は広大な海に今にも呑まれてしまいそうな裸島に見えた。

漁が終わって、船は玄武岩の岩間に繋がれた。若い下軍と思われる海女から降りていった。彼女たちは、体を拭く間もなく柴をかき集め火を熾した。ウォルゲにも無言のまま柴が持たされた。いつの間にか、青洟をたらした裸足の子どもたちが寄ってきている。子どもたちは、それぞれに柴を持ってきて海女たちに渡していた。そうして海女から半端なサザエなどをもらって走り去った。煙が風の向きによってウォルゲの顔にまともにあたった。眼が痛くなって涙がこぼれてきた。手の甲で拭くと、煤で顔が黒くなった。

「あんたかい？　家出娘っていうのは」

いきなり、どなるように言われたウォルゲは、どぎまぎしたまま、どう返事をしていいのか分からなかった。口をつぐんだまま、じっとしていると、

「強情者のようだよ」

と言う声がした。だが、海女たちの眼は笑っている。ウォルゲの頭からポトポトとしずくが落ちている。昨日から何も食べていなかった。西風が吹いていた。黒々とした玄武岩の岩間で焚き火が赤く熾った。ウォルゲの腹の中を見透かすかのように、芋がウォルゲの手元に転がってきた。ウォルゲは礼を言う気力も残っていなかった。芋を拾って食べた。甘かった。ふいに、ウォルゲの瞼から涙が一筋流れた。誰かがウォルゲの肩に手を置いた。すると、堰を切ったように涙がこぼれて落ちた。ウォルゲの中で一気に緊張がほぐれたのだった。ぼんやりとではあったが、泳ぎの得意なのを活かして海女になろう、海女になるには、年中海に入っている牛島と決めたもののウォルゲにはあてがなかった。運よく海女船に乗せてもらったが、厳しい形相の海女たちばかりだったのだ。

「どうして、牛島なんかに来たいと思ったんだ」

年嵩で強面の海女が言った。その時ウォルゲは、きっとこの人が上軍なのだろうと思った。上座に座っている。上軍海女が発言すると、誰も異議を挟まないのを、ウォルゲは先の船で覚えた。

「海仕事を覚えたいのです」

顔をあげたウォルゲが言うと、

「なんで、こんな厳しい仕事をするのか」

上軍海女は怒った顔をした。

「なんの仕事も苦しいです。わたしは、泳ぎは得意だから、自分で海に入って稼ぎたいです」

「しかし、家のない人間には、海に入るのは許されないさ。さッ、どうする」

「家って」

「この牛島に家を持たないと、海には入れない掟のようなものがあるんだよ」

「でも……、さっきの船に乗せてくれた海女さんが、チョネ婆さんを訪ねて行きなさいって」

「アイゴ《ああ》」

上軍海女は、これで得心した、とでもいうように膝を打った。

「出稼ぎに行くたんびに、孤児や貧しい家の子を拾ってきては、赤んぼうの子守りや使い走りをやらせている婆さんの所かい」

そこまで言うと、他の海女たちが鼻で笑った。連れてこられた子どもたちは、半月も経たないうちに逃げてしまうのだった。

「帰るところがありません。チョネ婆さんのところまで連れていってください」

ウォルゲは言いながら自分で驚いていた。帰る家はある。しかし、巫女の仕事は嫌だった。姉のように男を頼っていくのも嫌だった。

風が空に巻きあがるようにして火の側を通った。煙がまるでウォルゲや海女たちを覆うかのように吹き、さらに強く海女たちの頬をなでていった。煙がウォルゲの眼にしみた。眼が真っ赤に充血して涙がこぼれた。

「こんな島から、逃げていく者はあるけど、なにが好きで入ってくるのか、ア、ハ、ハハ。イオドサナ（海女の夢みるユートピア）、イオドサナ、アイッ、いつになったら、幸せがくるのか」

上軍海女が謡うと、他の海女も謡い笑った。キムチと芋の食事が終わると、皆は浮きを担いで緩やかな丘の上にあるそれぞれの村に歩いていった。ウォルゲは誰についていけばいいのか分からず立っていた。すると、

「チョネ婆さんは、あたしと同じ村だからついてきな」

上軍海女が、そう言ってさっさと歩いていった。ウォルゲは、後を追いかけるように坂道を上がった。風が強い。障害物のひとつもない島を風は吹きあげ巻きあげ、人をもてあそぶようだった。痩せて木の枝のように細い手足のウォルゲは、しっかりと大地に足をつけないと風に飛ばされそうだった。くねくねと曲がった坂道沿いに、にんにくが植わっていた。青い葉が茂っている。

「牛島のにんにくは、朝鮮で一等うまいんだ。知ってるか？」

上軍海女はさっきとは打って変わり目尻をさげて白い大きな歯を見せ笑った。ウォルゲは、こんな

に優しく笑う顔を久しぶりに見た、と思った。しかし、痩せた畑や牛以外には蟹の甲羅のような藁家が点在しているだけで、他には風と空と太陽しかない。西といわず、あらゆる方面から風が吹きつける寒村。春というのに、飛びまわる鳥や虫の数も数えるほどだった。本当に何もない所だな、と辺りを見まわしていたウォルゲは段々と心細くなっていった。こんなに辺鄙なところで本当に耐えられるのか？ と自問自答しているのだった。ただひとつはっきりしているのは、戻りたくないということだった。しかし、しかし、と考えているうちに、ある藁ぶき家の前で上軍海女が立ち止まった。玄武岩を積んだ囲いの上に手を置き、

「居ますか」

と大きな声を出した後、中に入っていった。しかし中からは、何の返事もなく静まりかえっている。

「ここで、待っときな」

上軍海女はそう言って出ていった。ここで待てと言われても、ウォルゲはどうしたらいいのか分からず立っていた。周りには、似たような家があるが物音ひとつしない。家の中に入るのもためらわれた。そこで、カエルのように足を八の字にしてかがんだウォルゲは、細い木の枝で土に何の脈絡もなく丸や三角を描いた。家は島の高台にあったので、海をへだてた済州島の東にある城山日出峰が見えた。今、太陽がその城山の頂きにかかると、山は山吹色を交えた新芽に靄がかかってかげろうのように揺れて見える。しばらくすると、風が吹いて次第に峰の輪郭がはっきりとしてきた。済州島にいる

ときには、側火山や森に阻まれてみえなかった城山が、牛島に渡ってみると、堂々とした姿をさらしていた。ウォルゲはまぶしく城山日出峰を見ていた。日の出る城山、城山日出峰、と口伝てに聞いていた。絶壁は険しいが、峰は緩やかに伸びて海に入っているのが見えた。光を反射させて輝く海があった。海と空の境界が溶けている。それらがウォルゲの眼に入った時、

「あたしは、あの世もこの世とも行き来ができ、一万八千の神と出会っているのだよ」

と言っていた母のミンスッのことを思いだしていた。生と死が混じりあっていた世はここにもあった。ウォルゲは血が下がってめまいがした。空に舞いあがってからきらめく光の帯にからめとられてのち、海に突き落とされ潜っていくような錯覚に陥り、しゃがんで首を振った。

どれくらいの時間が経ったのか分からなかったが、その間、人の行き来は数えるほどであった。ウォルゲは、立ちあがり腰をのばした。いつになったらこの家の主人、チョネ婆さんは戻るのだろうか。海と空は朱に染まりはじめていた。

浜の方で、鴉が群れて飛んでいるのが見えた。その下で人がうごめいている。ウォルゲは、木の枝を持って、浜辺へと降りていった。改めて周りを見渡すと、西や北から強い風にさらされるせいか、樹木はいびつな枝を伸ばして低いのに気がついた。畑の間をウォルゲが歩いていると、腹の赤い蛇がジグザグに身をくねらせて道を横ぎった。驚いたウォルゲが息をつめていると、浜辺の方から、どなりあう声が聞こえてきた。と次に、アイゴッ、アイゴーと聞こえてくる。腹の底に響く重低音の、物

悲しい響きが、暮れはじめた浜辺に渡ると、まるで伴奏でもするかのように、波が岩に打ち寄せ音をたてている。

浜辺には、カッと大きく眼をむいた海女の遺体があがっていた。紫色に膨れている。首を背の方へ反らしていた。五本の指が空を摑もうと硬直したまま伸びていた。村の男と海女たちが、その溺死体を引きずって板にあげていた。

「アイゴ、息が詰まったやゲ（海女たちは水の事故のことをこう言う）」

一緒に潜っていた海女が言い訳のように言った。

「アイゴ！　なんで、あんたが助けてやらんかった」

長老の上軍海女がどなっている。

「アッという間もなく、アンコウの棘に差されてしまった、アイゴー」

「だから、下軍は沖には出るな、と言っただろ」

上軍海女がまたどなったが、それを潮に静かになった。

「牛島峰まで持っていくか？」

「アイゴ、今日は仕事にならないよ」

「アイッ、罰あたりなことを言ってはならんよ。うちらの先祖は皆、仏さんが出ると、それぞれの村で弔ったんだ。仕事なんぞ、いつでもできる」

「アイゴ、可哀相に、アイゴッ、」

「それでも、死体があがっただけでも幸運というもんだ。欲ばった隣り村の海女ときたら、洞窟と見まちがうほどのアワビに吸いつかれて、溶けてしまってさ、髪の毛だけがお焦げのように殻にくっついていたっちゅうじゃないか。きっと、ひとり占めしようって欲ばったんだろうよ、アイゴッ」

誰もが上軍海女のこの言葉にうなだれ逆らわなかった。黙々と遺体を運んでいった。

ウォルゲは、島に着いた早々海女の溺死体を見てしまい、心細い気持ちが一層強くなった。走って坂を上がった。途中、辻で道に迷いかけた時、ウォルゲは城山日出峰の位置を頼りにチョネ婆さんの家を探しあてた。その前でウォルゲは待っていた。

日が沈んだ。沖の漁火《いさりび》が海に流れている。兎山村で見た光景と違わなかった。その時、今ごろ妹のウォリはどうしているだろうか、とウォルゲは考えていた。春も終わる頃には、山から柴を刈っての帰り、野イチゴを食べると止まらず時間を忘れるほどだった。ウォリの分まで摘んで帰ると、ウォリは匂いで分かるのか、走ってきてひったくり、一度にいくつも口に入れた。唇の周りを真っ赤にしていた姿が眼に浮かんだ。

さっき、どなりながら土葬の采配をしていた上軍海女が音もたてずにやってきた。黙って眼の隅でウォルゲを一瞥したが、にこりともせずに家の中に入った。顔には深い皺が縦横に刻まれて、日に焼けた肌は分厚い。チョネ婆さんだった。扉は開いていた。鍵は無い。ウォルゲは続いて入った。する

とチョネ婆さんは、振り向きもせずに、

「ご飯、食べたか?」

と聞く。ウォルゲは、

「いいえ」

と答えながら、家の中にも入らないで待っていたのに、どうして食べることができるのか、とチョネ婆さんのことを変な人だと思った。

チョネ婆さんは、部屋の隅で菜種油を含ませた綿に火を点けた。芯だけが明るく、薄ぼんやりとした明りが、チョネ婆さんの影を長く壁に映して動いた。チョネ婆さんは顎をしゃくった。ウォルげに座るようにというのか、チョネ婆さんの白眼が光った。居間と台所の土間を行き来するチョネ婆さんは、小柄だが手足が長い。裸足で動く。腰を落とし手足を振りながら、桟を跨いで行き来している。猿のようだな、とウォルゲは思った。丸い木膳を前に、チョネ婆さんは、立て膝をして指でキムチをさいた。麦に豆の入ったご飯をウォルゲにもくれながら、黙って食べている。ウォルゲは緊張が一気にほぐれ、麦飯とキムチを丸呑みでもするように食べた。

「どこから来た」

チョネ婆さんは、人差し指についたキムチの汁を舐めながら言った。歯がないせいか、声が内に籠る。しかしウォルゲは聞き取れた。

「兎山村です」

とウォルゲが言うと、チョネ婆さんは警戒心をあらわにした眼をむけて、

「アイゴ、兎山村かい。アイゴッ、わたしは、いろんな海に稼ぎに行ったがね、兎山村に行って腹ぁ、空かして帰ってきたよ。あそこの女は毒気があるよ、おまえもそうか、ん？」

「……」

「済州島では、どこでも客には飯を出すもんだ。おまえのところは、飯も出さん、そうだろ」

「分かりません。でも、母は巫女で、陸地やらを転々としました」

「ほう、巫女なのか。ハ、ハーム。では、おまえはなんでこんな所にまで来て、海仕事をしたい、なんていうのか」

と言ったチョネ婆さんは、一層警戒心を強めてウォルゲを見た。

「はい……」

「どうして、こんなにつらい仕事を選ぶ」

チョネ婆さんはウォルゲを睨んだ。下を向いて泣きそうになったウォルゲをしばらく見つめていたチョネ婆さんは、

「泳げるのか？」

と言った。

「はい」

「明日、ついて来るか？」

「はい！」

チョネ婆さんは、ウォルゲの返事になんの期待も持たないとでもいうように、無表情のまま聞きながしていた。それからのチョネ婆さんは眼をつぶり無言のまま、時間をかけて歯茎で咀嚼していた。チョネ婆さんは、食事が終わると、膳ごと持ち上げてから立ちあがった。そして顎をしゃくり、入り口に近い部屋を指した。

チョネ婆さんが指で灯を消してしまったので、真っ暗になった。それでもチョネ婆さんは暗闇に慣れた足でどこかへ出かけて行った。ウォルゲはチョネ婆さんが指さした部屋に入った。三畳ほどの部屋の隅に薄い布団が積んであった。ウォルゲはその布団に寄りかかり深く息を吐いた。やっと着いたという実感がした。ウォルゲは自然と頬が緩んでいくのが自分でも分かった。いつの間にか布団に寄りかかったまま寝てしまった。

(四) 竜王祭

翌朝早く、チョネ婆さんと共にウォルゲが玄武岩で囲まれた岩陰に着くと、すでに下軍海女が来ていた。彼女たちは、いち早く焚き火を熾していた。そして、麦飯とキムチをひろげている。

「おまえも、明日から、一等早くここに来て、姉さんたちの手伝いをしろ」

と言うチョネ婆さんに、はい、と返事をしたウォルゲが麦飯をほおばっていると、次々に海女たちが集まってきた。

「アイグ、今日は昨日の分までできるかね」

腰を押さえながら、間延びしたような声でひとりの海女が言った。

「アイゴ、そんなに稼いでどうするね。酒びたりの亭主が喜ぶだけじゃ」

するど、顎の張った海女が大きな声でからかった。

「うちの亭主は、酒びたりじゃねえさ。ちゃんと役にたつさ」

「アイゴッ、見栄はってぇ。噂じゃ、とうの昔に役たたずじゃねえかって」

「誰がそんなこと、布団の中のこたぁ、誰が知る」

「分かるって。あの後の顔っちゅもんは、女でも分かるというもんだ」

「なんで分かる」

「ほら、そうだろ？　ア、ハッハッ」

「お、おまえのように、要領よく出稼ぎに行って、色男と遊ぶこともできんよ」

「誰が、色男と遊んだってぇ」

「この前、対馬まで行ったときにゃ、あんただけ残って、なかなか帰ってこなかったじゃないか。村で噂してたんだぁ、色男、摑まえたんだろうって」

「なにをぬかす！　子がないと思ってバカにして、あることないこと喋って歩くのはおまえだな」

いつの間にか、険悪な雰囲気になっていき、ウォルゲは肩をすぼめて身を小さくしていた。ところが、それも一種、いつもの丁々発止のようだった。そう言い合いながら、当のふたりも麦飯をほおばり、白い木綿の海女服に着替えていた。

それぞれが順に海に入っていった。ウォルゲも半ズボンのような海女服に着替えて、チョネ婆さんについて海に入って行った。かなり深い所まで来た時、

「この浮きが目印だ。ここから潜ってみな」

チョネ婆さんの言う通り、ウォルゲは大きく胸で息を吸って頭から潜った。チョネ婆さんも続いて海の底へと潜っていった。一分もすると、ウォルゲは海面に躍り出た。長い息を吐きだした。そこかしこで、海女の息を吐く声が続くと、一陣の風のようでもあり、笛のようでもあった。ところが、一向にチョネ婆さんは上がってこない。三分が過ぎた頃、チョネ婆さんも顔を出し、ヒューッと大きく息を吐いた。その磯嗚きさえもベテランの証しのように、ウォルゲに聞こえた。チョネ婆さんは、笑ってはいなかったが、少なくとも怒っていないところを見ると、ウォルゲは自分のことを気にいってもらえたのだ、とほっとしていた。

一年近く過ぎたある日のことだ。

頬に当たる風は心なしか暖かいのに海は荒れていた。白いしぶきが浜に打ち寄せると、一メートルもの波柱が立つほどであった。朝早く、畑に行くと出ていったチョネ婆さんを探して、ウォルゲは牛島峰の方へ歩いていった。チョネ婆さんはいつもその方角へ歩いていくのだった。しかし、チョネ婆さんの姿どころか、人の気配もなかった。畑を過ぎ、くねくねと曲がる、ぬかるんだ道を上がっていると、また、腹の赤い蛇がヌーッと出てきて道を横ぎった。牛島に渡ってきた日にもウォルゲはこの腹の赤い蛇を見て海女の溺死体を見た。まるで、不幸の前兆ででもあるかのような不気味な予感に、ウォルゲは息を止めて走った。畑に出ている人もいなかった。ウォルゲは仕方なく浜へ降りていった。すると、静かに凪ぎはじめた浜で、二、三の浮きがプカプカと浮いて、海女が潜っているのが見えた。ウォルゲはこんなに朝早くから海に入って、とまだ肌寒い風に身ぶるいをして見ていた。布で頭を覆った海女が、二、三人、ズボンをまくったまま、網に入った荷を引きあげていた。その中にチョネ婆さんがいた。ウォルゲは白いサラサラとした砂利石を踏んで、チョネ婆さんに近づいて言った。

「畑に行く、とおっしゃったので畑に上がったんですが」

「アイッ、海も神様が与えてくれた畑やゲェ。アイゴ、重いよ、ボーッと立ってないで、手伝っておくれな」

「は、はい」

「あさっては、陰暦の一月三十一日だろ。海の神様をお迎えする竜王祭だ。おまえも手伝え」

「はい、何をしたら……」

「なにをしたらー、見て分からんかッ」

気がたっているのか、その日はチョネ婆さんの口調がいつもより厳しい。いつもは荒々しい言葉にも優しい響きがあったのだが。

「神様に供える物だ。ちゃんと持ちなよ」

言いながらチョネ婆さんは、ウォルゲにサザエやアワビの入った網袋を持たせた。海水が残っていたせいか袋は意外に重く、ウォルゲはよろけて中の物をこぼしてしまった。

「アイッ！　おまえは、本当に役たたずだよ」

チョネ婆さんはウォルゲの腕を叩いた。

「すみません」

ウォルゲは謝りながら、サザエやアワビを集めていった。いつもは漁船に乗って済州島まで出かけて行き、五日の市に出していたのに、この品をどうするのだろうかと、ウォルゲは思った。

「あさっての竜王祭に使うのだから大事に持ちなよ」

チョネ婆さんが言った。それでウォルゲは理解したが、ウォルゲにとっては初めて見る豪華な供え物だった。

まだ星がまたたく夜明け前、水平線に光がゆっくりと上がってきて闇を洗いはじめていた。磯辺にはウォルゲをはじめ、チョネ婆さん、そして上軍、下軍合わせての海女たちが集まっていた。平たい石の上に茣蓙《ござ》を敷き、そこへ、ひとりひとりが供物を並べ、祭場を作っていった。やがて、それぞれの茣蓙に山盛りの供物が揃うと、朝日は岩に照り返し、海女たちの頬を赤く染めていった。海女たちは、無言で誰ともなく頭を垂れていた。

頭に鉢巻をした年寄りの巫女が、監床旗と揺鈴を両手にもって現れた。巫女は眼をつぶったまま、東西南北に順にぬかずいた。そして、思いだしたように揺鈴を鳴らした。シーンと張りつめた朝の空気が揺れた。澄んだ音色が辺りを震わせると、小巫と呼ばれる少女が東に向かって、今から竜王をお迎えします、と口上を述べた。銅鑼や鉦、太鼓などがしじまを破った。ドンダク、ドンダク、カーン、カーン、ドーン、ドーン、厳かでいて、乾いた音が激しくなって、祭の始まりが神に告げられると、巫女は、おもむろに、天地創造のくだりから語り始めた。そして、この牛島の歴史、村のくだりになると、海女たちは、いっせいに頭を垂れて一年間の無事を祈り、また、それぞれの願い事を祈願した。祭の場に降臨した竜王を迎え、海に向かって、村の代表が拝礼した。

それを合図に、海女たちは、歌を歌い、肩をヒックヒックと揺らして踊りはじめた。巫女は、先のしかめっ面とは裏腹に、掛け声をかけ、銅鑼や鉦、太鼓は一層激しく打ち鳴らされていった。踊りや歌は、潜水作業や漁業の苦しさを象徴するような重いものから始まるが、次第にそれは、そういう自分を笑いとばしていくものに変わっていった。ワカメにアワビ、サザエが金に見える、見える、と言ったかと思うと、アイゴ、うちの呑んだくれで博打打ちの亭主、ナニが立派なものだから、捨てるに捨てられぬ、と言って場を盛りあげていった。アイゴ！　神様の前でなんというはしたないことを言うか、と諫《いさ》める声もして、それらは、まるで板を叩くように掛けあっていた。ウォルゲはその場に居あわせて、このつらい、激しい仕事に明け暮れている人たちの開けっぴろげな一面を見て驚いていた。夕ガが外れた訳でもあるまいが、チョネ婆さんは、

「アイゴォォ。出る穴より、入る穴がええんやゲェ」

と、中軍の海女に言った。その中軍海女は、大切に育てたひとり息子が、嫁をもらった途端、陸地に渡ってしまい、母親を顧みなくなったと言ったのだった。まさか、息子を我に戻せ、と祈願したのでもあるまいが、チョネ婆さんは、そういって歯のない口を開けて笑いとばした。

巫女は、海に向かって祭場のひとつに座り、揺鈴を鳴らしながら、瞑想するように眼をつむっていた。めでたい卦《け》を呼びよせようと、必死に呪文を唱えている。そうして、時間が流れていく間にも、海女たちは、踊り、歌っていた。

巫女の口から、今年の漁は、慎重に、欲ばらないように、と告げられると、祭は山場を越えた。種

占いが始まった。海辺に粟を撒き祭場に戻ってきた海女たちは、箕《み》に残った粟をその場にはたき落とした。巫女は、その粟の形や密度を見て今年の運勢を占った。ウォルゲは神房《シンバン》のお告げをどのようにも解釈しようとする海女の呟きを聞き、持って行き場のない不安や畏れは、この竜王祭によっても解決できないのだな、とうすうす感じていた。

ウォルゲはすでに十メートルほどの深さにまで潜れるようになっていた。肺活量も驚くほどの成長を見せて、三分は軽く潜れるようになっていた。チョネ婆さんはこのウォルゲの変化に気を良くしていた。

春から夏にかけては、アワビなどは岩の下にあって、新米の海女には見分けさえつかないが、冬になると岩の頂上部に移動してくるので、今度の冬にはおまえも一人前のアワビ捕りだ、と口の重いチョネ婆さんは珍しく饒舌になっていた。チョネ婆さんは、冬にアワビ捕りをすると、海水が温んでくるのに従って北上するが、最後には北の清津《チョンジン》にまで行くと言った。まるで渡り鳥だな、とウォルゲは思った。しかし、未知の土地への憧れもあってウォルゲは冬の来るのを楽しみにしていた。

ある夜更け、チョネ婆さんは、講の集まりで出かけて留守だった。ウォルゲはワカメ岩の掃除で疲れ、ぐっすりと寝入っていた。ウォルゲは不思議な感覚の中にいた。ウォルゲの乳房をつかむ手があった。ウォルゲは無意識に脚を広げていた。ネバネバとしたものがウォルゲの太ももを這っていった。

寝返りを打ったウォルゲは肩をグッと鷲摑みされた。眼が覚めたウォルゲが悲鳴をあげる間もなく、口を押さえられた。大きな手だった。もうひとつの手で腹を持ちあげ四つん這いにされたウォルゲは、意味不明のかすれた声を聞いた。男は、ウォルゲにかぶさるようにしてウォルゲを抱いた。男の息が荒くなっていくのをウォルゲは耳の後ろで聞いた。男は両手でウォルゲの乳房を後ろから摑んだ。男の汗がウォルゲの首から頬を伝った。その時、強い力でウォルゲを引き裂くものがあった。ウォルゲの視界が真っ暗になってウォルゲの瞼は真っ赤になった。その網膜の底で光がはじけた。暗闇の中で幾筋もの赤い糸がゆらめき始めるのが見えた。それは、男の動きに合わせたようだった。血を含んだ糸が縦横に入り乱れた。縺れた糸は、離れてほどけそうになっては、また縺《もつ》れた。揺さぶられ、突き挿された。ウォルゲは、暗く、光のない深海の底で腰をきしませて子宮から絞りだされた初潮を見た、その時の血は、細い糸になってゆらゆらと流れていった。あの記憶に、今、重なり、金縛りにあった。もがき苦しみ獣のような叫び声をあげた。しかし、それとは裏腹にウォルゲの体は敏感に反応し、ぬめぬめとした汚水を飲みこむように、溺れていった。

（五）お祓い

お祓《クッ》いの儀式はたけなわだった。中盤にさしかかる頃、馬のしっぽで編まれた黒い帽子を被り、白い紗の上衣から青い下穿きが透けて見える胴衣をつけた男覡は、祭壇に一礼したあと、監床旗と揺鈴を床に置いた。一万八千の神を呼び寄せた初監祭が終わろうとしたところだった。大きく息を吐いた男覡は、薄べりから外れた。すると、朝鮮服にたすきがけをした巫女装束のミンスッが立ちあがり、白い晒しを男覡に渡した。晒しを手にした男覡は片方の端をミンスッに持たせ、白い晒しを縒り始めた。

楽座席には銅鑼や鉦、長鼓が置かれていた。その前に座っていた初老の男たちは、一休みといった具合に、おもむろに腕を楽器から外して短めのキセルに煙草を詰めた。

ふたたび、長鼓のバチを左にもった男が、パシッ、パシッと鳴らし、右指の腹でゆっくりと皮の部分を叩くと、それを煽るように金属製の鉦が甲高い音で続いた。

男覡は、鉦と長鼓のリズムに合わせて肩と腰をひねりだした。晒しの端を手首に巻いて、更に両手で縒っていく。そして、三白眼を薄く開けて、カンゼオンボサル（観世音菩薩）、カンゼオンボサル、と呪文を唱えている。背の低いウォリが巫女のなりをして座敷を廻っていた。ウォリは、まだ幼い顎の線を見せているが、ぶつぶつと呟きながら、紙の憑代《よりしろ》が巻きついている青い笹竹を持って歩いている。その姿は、自然と身について、幽玄の世界を招くようだった。しかし、当のウォリはそんな外見とは裏腹に、今にも笑いだしそうになっていた。ウォリは、まるで胎内にいた時からの習いとでもいうように、呼吸を合わせるとミンスッの呼吸の速さや眼の動き、声の質から、ミンスッの心の中まで読み取ることができた。ミンスッは、口を開くと、「半島とこの地、済州島はまるで違う国のようだよ」

と言っていた。あちこち放浪したあげくの島暮らしになったのは、ミンスッが生まれた土地だったからだった。

ミンスッは、自分が済州島のどこで生まれたのかさえ知らない。兎山村に近い寺の境内で捨てられていた。ミンスッを拾った夫婦は、山焼きをして各地を転々と移動する火田民だった。灰を肥料に畑をするのだが、三年も経つと畑は痩せる。ハルラ山に入って三年目の春だった。次の年には、西方の側火山に渡り、その後は、陸地に行こうか、と育ての親が話していた。そんな折、ミンスッは畑にいて特異な体験をしていた。それまでにも、ミンスッは、胎内にいた頃の記憶や母の記憶が時折、鮮明な夢となって出てくるのを、夢うつつのまま、やり過ごしていた。八歳になるころからは、鳥のさえずりや犬、猫の鳴き声に話し言葉をみつけて、ひとり語りを始め、夢遊病者のように歩きまわるので、村の者は気味悪がっていた。

鵲《かささぎ》がミンスッの頭上で旋回して白い腹をみせていた。ミンスッは、鍬を置いて鵲の誘う方向へと歩いていった。そのまま、草深いけものみちをかきわけて頭ひとつがやっと入れる穴から洞窟に入っていった。いきなり、三メートルも下に音をたてて落ちたミンスッは、もうすこしで足の骨を折るところだった。そこは、まるで地の果てとも、樹海の底ともいえる、暗闇だった。鳥の声も風の音も聞こえない。わずかな穴をくぐって漏れ入る光が輪になって落ちていた。洞窟の中は、三メートル以上もの天井から、ポタポタと水滴が落ちてきている。ミンスッが眼をこらしても、真っ暗闇で先が見えない。ミンスッは、手を洞窟の壁に触れてみた。ミンスッの指先はひんやりとした感触を得た。その時、音もなく地をくねって大蛇が現れた。大蛇は首を立ててミンスッを見たかと思うと、老婆の姿に変わった。そして言った。

「おまえは、神がこの世に遣わした者だ。この世とあの世との橋渡しをするのだ」

洞窟の奥からなま暖かい風が吹いてきた。どこかに抜け穴があるのだ。ミンスッは、本能的にそちらに眼をやったが、何も見えなかった。老婆はまた、半鐘のように、おまえは神がこの世に遣わした、と言った。次第に金縛りになったミンスッは、半泣きになって立っていた。すると、入ってきた穴から蔦が下りているのが見えた。その蔦に掴まって無我夢中で這いあがったミンスッは、後ろを振りかえるのが怖くて、一目散に走った。茨で脛が切れて血が噴きだしているのも気がつかなかった。

そのようなことがあってからのミンスッは、一つ所に落ち着かず、いつも夕刻になると、体に電流が走ったように全身を小刻みに震わせるのだった。そうして、塩と酒、生米、稗などを揃えて、神に祈る態勢になってふわふわと体が宙に浮いていくのだった。香木に火をつけると、突然ミンスッは、神がかりになってなにごとかをわめくのだった。村人は、そのミンスッの呟きにいつしか、神をみるようになって、ミンスッを大事に扱うようになっていった。

ウラジオストクから戻り、清津から南下してきたミンスッは、町や村がまるで疾風が吹き荒れるように、慌しく仕分けされていくのを見て通った。乗り合い自動車が警笛を鳴らしていた。幌を外し箱型の真っ黒なそれは、砂ぼこりを巻きあげて人々の羨望のまなざしの中を走り、赤い自転車に乗った郵便局員はまるで文明の配達人のような顔をしていた。いつの間にか今まで見慣れた町や村が消えていくのを目の当たりにしてきた。疾風のように押し寄せてきた移民は、この地に神社を祀り人々に信仰を強要した。始まりは、男や女がわずかな荷を持ってやってきた。ビールの空き瓶でさえ、山深い里に入ると、小便壷の代用として売れることが知れ渡り、財を築く者が出た。

そうやって、何年も経たないうちに彼らは地主になって大きな顔をするようになった。馬に乗った軍人が闊歩し、元の人間たちは、じめじめとした湿地帯や痩せた土地に追いやられ、焼き畑を続ける火田民となって山から山へと漂流するようになっていった。また、わずかな路銀を持った家族は、北の中国東北部や沿海州に渡って原始林を開拓した親戚の成功譚に希望を繋ぎ移住していった。ミンスッを育ての親も火田民だったが、新しく絞りだされたような火田民らは、縄を綯《な》う術も、石を叩き、種をふくことも知らない漂流者なのを、ミンスッは見て通った。しかし、ミンスッとて、身重の体を抱え、ウォルミの手をひき、明日の運命さえ分からない流れ者に違いなかった。やっとのことで、この済州島にまで辿りついたのだった。この土着の地でも追われるように南へと下ったが、それは、ミンスッが生まれ落ちた時の臍の緒が呼びだしているかのようだった。この兎山村は蛇にまとわりついての悪霊が娘に憑いてまわり、事によっては一族もろとも祟られるという根の深い迷信が残っている地だった。

この日のお祓いをミンスッが軽んじているのが、無言のままにウォリには分かるのだった。このお祓いを受けている母娘の真剣さが可笑しいのだ。無論、母娘にとっては運命を左右するもので、ウォリといえども侮れないものがあった。それでも可笑しかった。ウォリは、男覡が持っている占い本に興味が移っていた。絵で描かれたあらゆる模様に、自分の霊感ともいえるものをあてはめて物語を作るのだった。屋根、矢、馬、白い服、白い蛇と青い蛇、豚、犬、猿に光のつくる模様、風の向き、それらすべてに意味をもたせると、時間を忘れてのめり込んだ。

部屋の真ん中には、白い朝鮮服を着た娘が座っていた。男覡はその娘の周りを跳ねた。先の尖った靴下が見えた。男覡は何回も撥ねては、縒った晒しを娘の肩へ投げた。すると、端を結んだ三メートルほどの晒しは、彼の手を離れてから、スルスルと滑り落ちた。結んだ先を拾うようにして持った男覡は、それをくねらせて謡った。

「兎山村の娘に憑くといって、わたしを追い払ってはいけません。わたしは、穀房に無くてはならぬのではありませんか？　わたしを見たならば、米と水をください。そうすると、わたしは穴に入って休むとしましょう。ああッ、そんなに叩かないで。わたしを叩くと、祟りが、ええ、そうです。この娘が恐ろしい毒婦となって男を喰い殺すでしょう」

男覡は、そう言ってからまた、飛び跳ねた。眉をあげ、口から泡を飛ばしながら、娘の肩や背を晒しで叩いている。頬を赤く染めた娘は、じっと耐えている。顔をあげずに下を向いていた。

次に男覡は、息を整えて、やや高く、それでも太い伸びのある声で言った。

「この世で蛇鬼神ほど怖いものはありませぬ。蛇鬼神にとり憑かれた娘の座った跡には、草も木も生えませぬ。ああ、恐ろしいことです」

男覡の持った晒しが激しく上下した。彼の目元は酩酊したように朱くなっている。唾《つば》が散った。晒しは棒で叩かれてもがき、血を流す蛇のようだ。男覡は、次々に晒しに結び目を作った。そして、ウーウーと唸った。男覡は、腰を折ったり伸ばしたりしながら、苦しげに首を斜め左右に捻った。すると、帽子からのびている髪の一本、一本が、小さな蛇がうごめくように揺れた。娘はおどおどと、肩をすくめ泣きそうになって瞼をしばたかせている。鉦と長鼓が一層速いテンポで打ち鳴らされていった。銅鑼がその合間を縫って、ドンジャン、ドンジャンと鳴り、山寺の静寂を破った。男覡はまた、激しく旋回し、跳んでは尻もちをついた。

座敷の隅では、娘の母親が数珠を持ち、一心に祈っていた。娘に山深い里から結婚話がもちあがった時、この母親は、兎山村から抜け出られるならと、承諾したのだった。しかし、日を追って後悔しはじめていた。自分自身もそうであったように、この娘は、蛇鬼神が憑いているといわれる兎山村から嫁していくのだった。その昔、大蛇を退治した徐氏の体に、大蛇が無数の小蛇になって潜み、膨れあがって死んだという伝説があった。その小蛇はそれから済州島に満ちて化身となってあちこちに姿を現した。小蛇を祀る者には福をもたらし祀らぬ者には禍をもたらすといわれていた。ことに、結婚式のようなめでたい日には来客となって、必ず七蛇が現れると信じられていたために、嫁していく娘に七蛇が憑いていき、蛇鬼神とやらのために蔑まれる、とその母親は考えた。蛇の神様があるとするなら、その神様をなだめ、どうぞ娘にはとり憑かないで、とお祓いをするために、深山で長く修行したという男覡を迎え、三日三晩、寝ずの祈禱を受けていた。豚を一頭、屠《ほふ》っていた。豚以外にも鶏に酒や米、蕨やアマダイ等、およそ、普段の質素な生活からは考えもできない品々を揃えた上に、男覡と巫女に謝礼を包むため莫大な借金をしていた。娘の運勢が、この儀式によって変わるならと、祈っていた。

どれくらいの時間が経ったのか、男覡の声はかすれ、動きが緩慢になってきた。娘はうなだれたまま、じっとしている。娘の母親は涙を流し、男覡に哀訴していた。いつの間にか、娘と自分とが入れ代わり、これまでの不遇を訴えているのだった。

チリリン、チリリンと、鈴の音がした。ウォリが神妙な顔をしてうつむき、鈴を鳴らしながら座敷を廻っている。男覡は、鈴の音に合わせ肩でリズムをとって、娘の周りをゆっくりと廻りはじめた。彼は、廻りながら娘の肩に晒しをかけた。ミンスッが娘の手を取り晒しの結び目をひとつ、ひとつほどかせた。娘は、額に汗をにじませ、ミンスッの指図通りにしていた。ほどかれた晒しは男覡の手によって、真っ暗になった庭に、いくつもの放物線を描いて、老木の根元、蛇の孔へと流れた。娘はめまいをおこし、男覡はその場に倒れた。ミンスッひとりが呪文を唱え、座敷を廻り、ウォリは薄笑いを隠すように、顎を引いて瞼を閉じ鈴を鳴らした。ふいに、ウォリの眼の奥で、座敷にいた人々の黒い影が、ばらばらに離れて浮遊し、庭のうろに溶けていくのが見えた。

アイゴ！　アイゴ！　という女の声がひときわ大きく山に木霊していった。

(六)　京城（ソウル）

貧血のため、意識が朦朧としていたが、やがて頬にほんのりと血の色が見えてきて、ウォルミはのっそりと体を起こし手鏡に映る自分の顔をじっと見た。隈が、まるでひと筆瞼をなぞったようだ。オンドル（温突）の床に張った油紙がはげている。新聞紙が破れ、穴から煙が燻って部屋中に漏れていた。ウォルミはため息をついて部屋を見渡し、また、フーッと深く息を吐いた。

清渓川《チョンゲチョン》一帯を仕切る乞食の親分に拾われたウォルミは、近くの貧民窟で部屋を借り密淫売をしている。

半年前までのウォルミは、噎《む》せかえるほどの瘴気《しょうき》につつまれた済州島の済州市で年老いた地主の妾になっていた。ある晩、老人は酒を飲んだ後に勢いこんでウォルミを寝間に倒していざ、という時、心臓発作をおこして息が止まった。唇が紫色になっていき、弛緩したように腕や足がだらんとだらしなく投げだされて動かなくなった。

正妻を取りまく親族は、腹上死がよほど恥だと思ったのか、ウォルミを捕え手足を縛り納屋に放りこんだ。

「殺せーッ」

叫ぶ声がした。

「蛇鬼神め、とうとう本性を現しおったな。いったいどうやって、旦那様をいたぶったのだ。白状しろッ」

怒鳴り声の中、一族の中で一番若い男が、納屋に転がったウォルミを裸にしたのち、梁に通した紐にウォルミをぶらさげた。次に男は、サザエの殻をウォルミの膣に挟んで足を捩った。それまで気を失っていたウォルミは、あまりの痛さに、

「アイグー、許しください、アイグー」

泣いていた。

「こんな奴、生かしておいては、またなにか」

と言う声がしたが、一族の長老が、

「これくらいにしときなさい」

制止したため、折檻は終わった。しかし、何時間も吊るされたまま、流れでた血は固まり、尿がなま暖かくウォルミの太ももを這って流れた。

夜も更けた頃、ハルラ山の谷間にある寺の小坊主が、そっと暗闇の中を入って来、ウォルミの紐を解いた。紐を解かれたウォルミは、しかし、立つことができず、納屋に転がった。

小坊主はいつも村人にうすのろとバカにされているソンマンだった。ソンマンはいつ生まれたのかさえ分らない捨て子だった。ある春の日、よちよち歩いて寺に入ってきたという。ソンマンというのは和尚がつけた法名だった。生まれつきなのか、それとも言葉を知らないせいか、黙ってもくもくと働く。ある時、熱が出てうなされたソンマンが、オンマー（おかあちゃん）、とつぶやくのを聞いた寺の和尚がソンマンは唖ではない、と断じたことで、村の子どもには余計にいじめられた。

「やい！　なんとか言ってみろ。ん？　唖でもないのに」

石を投げられても、一メートル七十センチもある、当時にしては大男の部類に入る体を半分に折り曲げてやり過ごすのだった。ソンマンはその体軀に似合わず、小さなどんぐり眼をしていたが、鼻はのっぺりと横に広がり、毛むくじゃらであった。いつも口をぽかんと開けて涎を垂らしている。寺にやってくる女の信者たちにも、この万年小坊主は、うすのろだの、でくのぼう《モントングリ》だのとからかわれ、あげくには、悩むこともないから図体だけ大きくなるんだ、きっとあそこも大きいんだろうがひん曲っているんだろうよ、となかば、嘲笑と同情とがいりまじった声で囃されていた。それでもソンマンはびくともせずに、三度の飯炊きに糞だめの糞尿を畑に撒き、草刈り、柴刈り、水汲み、と働き続けていた。

ソンマンは、ウォルミを背負って山を登っていった。ウォルミは、自分を背負っているのが誰なのかさえ、もうどうでもよかった。

「この厄病神め、とっとと消えうせろ！」

と言った罵声がまだウォルミの中でガンガンと鳴り響いていた。ウォルミは、こんな、因習にまみれた田舎など自分から捨ててやる、と唇を噛んでいた。

いかにも賢婦人であります、という正妻は、無表情のまま、キリリと鉢巻をして男の弔いを済ませたが、巫堂のお告げを口伝えに、

「アイゴォッ！　オッ、オッ、旦那様は、蛇鬼神に囚われ、みまかりました。もはや、草も木も生えませぬ」

と、ひとしきり嘆いた。正妻は息子をもたなかったせいで家が断絶するのだった。これからの自分の身の振り方に不安を募らせていた。ウォルミが妾に入った時、せめて男子なと産んでくれれば良し、と傍観を決めこんでいたが、ウォルミには一向に妊娠の気配がなかった。

ハルラ山の深い渓谷にある寺で、ソンマンはウォルミをまるで自分の姉ででもあるように親身になって世話をしていた。三度、三度と粥を運び、水を運んでいた。ウォルミは、傲慢にも、そんなソンマンに礼を言うどころか、あたりまえのような顔をして食べ、どうしたらあの一族に仕返しができるだろうか、と考えていた。サザエの殻を押しこまれた場所が敏感なところだけに、しばらくは腫れて

熱をもち、歩くのさえ困難を極めた。無数の鳥の鳴き声もウォルミには騒音となっていた。あの日、寺に来た女信者の噂を聞きつけてソンマンが納屋に来なかったら、とは考えなかった。

　二十日ほど経った日だった。修行僧の一行が、修行の最後の寺だといって逗留していた。修行僧の世話でいつもより忙しくなったソンマンは、ウォルミの粥を運ぶのが遅れがちになった。

「賑やかだけれど、誰が来ているの」

ウォルミがソンマンに聞いた。ソンマンは、唾を溜め何回もどもりながら、やっとのことで、

「ソ、ソ、ソウルから来た、ぼ、坊様だ」

と言った。その時、ウォルミの眼が光った。京城。

「それでいつ帰るの」

「し、しらん」

ソンマンはむっつりと黙ってしまった。ウォルミは、傷が癒えて初めてソンマンに優しい声音で語りかけた。

「ほんとうに、ありがとう。すっかりよくなったわ。もう歩けるのよ」

そう言ってソンマンの手を握った。ソンマンは息がつまり、黒眼を真ん中に寄せてこわばっていた。ウォルミがソンマンの手を裳の中に入れた。ソンマンは、呆けたように口をあけて障子の桟を見つめていた。

「ここが傷の跡だよ」

ウォルミは、もう片方の手でソンマンの股袴の紐をほどいてソンマンの屹立したものを掴んでいた。

「あらぁ、やっぱりあたしの思ってた通りだわ。ねえ、ソンマン。あたしは、なにも悪いことをしていないのに、こんなひどい目にあったんだよ。この島にいちゃ、いつなんどきまたあんなひどい目にあうかも知れないだろ？　あたしを京城まで連れていっておくれよ」

「ム、ムリ、だぁ」

ソンマンの口から、大量の涎が落ちた。

「じゃぁ、修行にきた和尚さんに頼んでみてよ、ね」

ウォルミは、がむしゃらに抱きついてきたソンマンの頭を抱えていた。

台所では、老婆が朝昼兼用の粥を作っていた。

ウォルミは、ソンマンが血のついた紙幣をもって現れ、港まで送ってくれた時の、あの心臓の音を思いだすと、今でも胸が苦しくなった。修行僧の一行が出立するどさくさにまぎれ、朝早く漁船のむしろに覆われ木浦港まで揺られたのだった。木浦に着いてから、紙幣についた血糊を洗おうとしたが、汚れた水では効果がなく、シミのついた紙幣を使うたびに手が震えた。

ウォルミはこの京城に流れてきたとて行くあてもなかった。しかし、淫売になることなどウォルミは考えもしなかった。流し目を送れば大抵の男はウォルミに気をとられ、手玉にとることができたのも済州島の中だけだった。

大都会と憧れて辿りついたものの、ウォルミは大通りを走る市街電車に圧倒され、乗り合い自動車や赤い自転車がひっきりなしに行き交うのにただ驚いて突っ立っていた。見るもの、聞くものが、田舎とは格段の違いがあった。電車に当然のように乗っている人の顔や髪型、持ち物や喋り方までがウォルミにとっては妬ましい限りだった。それでも、根っからのうぬぼれが頭をもたげ、自分をふりむく男のひとりやふたり、すぐに見つかると踏んでいた。しかし、忙しく行き来する都会の人間からウォルミは垢抜けぬ田舎娘とみられ、三日間、一粒の麦、コップ一杯の水にもありつけなかった。

ある朝、ウォルミが京城を東西に流れる清渓川の縁《ふち》を歩いていると、川っぷちでたくさんの女がにぎやかに洗濯をしているのが眼に入った。洗濯籠から次々に衣類を出しては石鹸をつけて洗濯棒で叩いている。監督とおぼしき年老いた役人が咳ばらいをしながら梯子の下で所在なげに座って、洗濯を終えて梯子を上がろうとする女の洗濯籠を見ては、十五銭とか十銭というお金を徴収していた。ウォルミは驚いた。川での洗濯にお金がいる、島では考えられないことだった。橋の隅には、乞食が膝を抱えて虱をとっていた。

ウォルミが島を出る時に持ってでたお金はとうに切れてなくなっていた。とぼとぼと清渓川を歩き、市に入って気を失った時、この清渓川一帯を縄張りとしている乞食の親分にウォルミは拾われたのだった。乞食の親分は、タンクンと呼ばれる蛇捕りだった。

十八世紀の頃に清渓川に穴倉を掘って棲み付いた乞食に当時の王が蛇を捕って売る独占権を与えたが、その中でも蛇やムカデ、もぐらやケラ、ヒキガエルなどを捕るのがうまい乞食が親分になっていた。それらは、強壮剤や滋養剤などの漢薬として調合される貴重な資源となった。

タンクンは赤鬼のようなどす黒い瞼とまだらに黄色い線をなすりつけたような不気味な顔色をして、無精ひげが朝鮮人には珍しく硬い。歯がすっかり抜け落ちているので、顎が尖がって反っている。親分が話すと息がスースーとぬけるので、何を言っているのか聞きとりにくかった。洗濯などしたこともないのか、テラテラと光る上衣に股袴を穿いている。彼はマムシを捕って薬用に売り、その皮を乾燥させて粉にし自分も飲んでいた。タンクンは、毎日、川の隅で莫蓙に寝ころぶ乞食から十銭、二十銭と、しょば代を徴収していた。タンクンにも一番大将と二番大将とがあってその折々の能力で立場が入れ変わっていた。慶事のある家の裏に廻って、一杯の酒に一椀の汁、そしてわずかな金を恵んでもらうのは二番大将だった。一番大将は、四日ごとに市が立つ日に飴売りや鍋売りの手伝いをする。通りで喧嘩を始める酔っ払いの世話などもする。また、食べ物市の方では、豚の腸や牛の頭などをぐつぐつと煮ている店の裏に廻ってごみを片付けたりする。そうして、日が暮れて市が終わる頃には濁り酒の一杯や雑穀のこぼれ、鍋の底に残った豚の腸や売り物にならない野菜などにありつけるのだった。たまには、朝から飴売りがひしゃげた飴をくれ、通りに立ってそれを売る。ウォルミを拾った夕ンクンは、そういった乞食たちを束ねていた。

ウォルミが、大きな朝鮮釜から牛の頭のスープを煮ている店の前で、行き倒れのように路にうずくまっていた時、タンクンは、瞬きをしてからホーッと息を吐き、ウォルミを橋の下にあるねぐらに抱えていった。腐りかけた豆で作った汁を飲ませると頬に血の気がさしてウォルミは気がついた。ボォーッとして明るくなっていく視界にタンクンの顔を見つけた時、少々のことでは驚かないウォルミだったが、腰を抜かすほど驚き眼を大きく見ひらいたまま硬直していた。これまでウォルミは、貧しいとはいってもこの連中よりはましな物を食べ、身ぎれいにしていた。実家にいる時には言葉巧みに妹ふたりの分まで取りあげ、妾になってからは、気ままな性格で地主をキリキリ舞いさせて美味なものを用意させていた。昼間、人の前で、しかめっ面をしていればよかった地主は、不能のせいでまるっきり役にたたなかった。ウォルミは四つん這いになった地主をいたぶった。しかし、そうして地主を弄んでも、日の出の頃になると、ウォルミは、むしゃぶりつく地主に、人が変わったかのように優しく労わる素振りをしていた。ウォルミに囚われた地主は、ウォルミのいいなりであった。しかし、京城にまで辿りついたもののウォルミに興味を示す男はいなかった。飢えたまま市に来て、網の上で焼くもつの匂いや牛汁の匂いにウォルミは気を失ってしまったのだった。

豆スープがウォルミの胃の腑に落ちつくや、ウォルミは内心ある計画をたてていた。

タンクンは、ウォルミがひとごこちついた夜、ウォルミの布団に潜りこんできたタンクンは驚きを隠さなかった。アイーッと大声を出した。その皮膚のなめらかさや腰のくびれ、そして、熟練に達した性技にすっかり魅入られたのだ。ウォルミも、外見こそ汚らしく臭い親分だったが、豪快なタンクンに夢中になった。しかし、何日も経たないで親分は、ウォルミに自分の喰いぶちは自分で、といわんばかりに、二間続きのバラックに老婆ひとりをつけて、密淫売をすすめた。

「あたしは、親分ひとりで満足ですわ」

「なにぃ、毎日とは言わねぇ。この婆ぁに酒の肴をみつくろわせて、あんたは酒の相手でもすりゃいいんだ」

そう言われてみれば、断る理由もなかった。が、一息ついてみると、早くも逃げ出したくなっていた。この男から金をまきあげて妓生《キーセン》の修業をしてみたいとウォルミは考えていたが、

「アイゴ、あたしは、王族の血筋をひいていると聞かされていたのに、淫売になどなるのですか……」

と言って大粒の涙を流して見せた。

「来る日も来る日も稗や粟もたまんねえだろう。あんたにゃ、銀飯が似合ってらあ。おらが眼を光らせりゃ、やくざだって手は出せねぇ。昔から女に生まれたからにゃ、孝行してなんぼだ。なにぃ、嫌なら出ていきな。牛車にでも轢かれな」

乞食といえども生はんかなことでは食えなかった。ウォルミを拾った時にこの男に計算が働いてい

たとして、責める訳にはいかない。

　どこからどういう風に情報が回るのか、あるいは親分がポン引きのまねでもしたのか、反物屋の隠居老人や金廻りのいい博打うち、ブローカーなど、また、たまに日本人客がウォルミを訪れた。ウォルミは奥の部屋で客を迎えた。羽をむしられた鳥のような首をした老婆は、わずかな豆を工夫し酒肴をこしらえた。それをもって奥の部屋に運び、また、ウォルミの呼ぶ声には足を引きずりながらも駆けつけていた。そうして、客が帰るときは履物を揃えて出し、愛想笑いをするのだった。

　三寒四温は規則正しく訪れていた。京城の街は道も凍りつくような日が三日も続くと、陽がさしはじめて道がぬかるむ。水蒸気が立ちのぼり、こんな日にウォルミを訪ねてくる日本人客の下駄は泥水のしぶきで汚れていた。ウォルミは、それで四温の始まりを実感していた。そんな日は余計に小便壺が臭ってくる。ウォルミは、ヒステリックに婆さんを呼び、小便壺を洗うようにせかした。

　北からの風が止んで牛車の轍が道に線を作っていた。その日、月に一度は必ずやってくる博打うちの男がやってきた。夏にはいつも身にぴったり合った上衣に半ズボン、絹の襟巻きにカンカン帽をかぶり、冬といっても薄着で通す大柄な男だった。博打打ちは肩を切られていた。男はもうひとり、血だらけの男を引きずるようにして連れていた。博打うちの肩には血止めに煙草の葉がのせてあり、どす黒く変色して、顔や胸には返り血のような鮮血の痕が固まっていた。

「アイッ、きのう、李大王の葬列がいつの間にか、朝鮮独立万歳に変わったんだ。わしは通りかかったただけなんだが」

　と言いながら男を床に寝かせて傷口に焼酎をふりかけ、ふーふーと吹きかけている。そうして傷口が乾くと、煙草の葉を男の傷口に当てた。

「この男と一緒になって万歳！　万歳！　とやっていたら、大勢の警官がやってきて……。逃げたんだが、道のあちこちに、日本刀を持った男が血走った眼をして待ち伏せていたのさ。あっという間に肩を切られた。一緒にいた朴書房《パクソバン》（朴さん）は引っ張られていき、首を落とされて道に転がっているよ。それでこの野郎は、日本刀を持って暴れていた男のひとりを捕まえて、石でペシャンコになるまで叩きつぶしやがった……。チェッ、家には帰れないや。しばらくここに匿ってくれ」

　博打打ちは一気に言って、横になったきり動かなくなった。いつもの、きどった風体で現れ、ウォルミの腰が抜けるほど暴力的なまでにもてあそぶ鋭い眼をした面影は消えていた。死んだように眠る博打うちと、血だらけの男の顔を見ながら、ウォルミは膝がガクガクと震わせていた。しばらくして大きく息を吐いたウォルミは、ふたりの男に毛布をかけて隅に押しやり屏風を立てて隠した。それでも男の足が見えたので小便壷を置いた。その時、老婆がジャガイモと稗で作った泥色の粥を持ってきた。

「鐘路《チョンノ》にはようけ死体が転がっているそうな……。ああ、恐ろし、恐ろし」

（七）妊娠

ウォルゲは、体調の変化に気づいていた。胸が張ってきた。乳首の周りが色濃くなり、ほんの少し当たっただけでキーンと痛む。あれほど好物だった魚も食べたくない。唾が始終、口にあがってくる。月経も止まった。しかし、今までにも月経不順はあったので最初は気にも止めなかったが、これだけ体が変化してくると、ウォルゲは妊娠したことを悟らねばならなかった。ウォルゲはあの晩のことだろうか、と思った。

月のない夜に男はまたやってきた。男は無言のまま、大きな手でウォルゲの口を塞ぐと、軽々とウォルゲの体を開かせた。ウォルゲの中から湿ったものが全身に溢れた。この変化に男は一瞬、手を止めたが、大きな腕でウォルゲを覆い、ウォルゲの膣を吸った。ウォルゲは反り返り抵抗しようとしたが、裏腹に生暖かいものが溢れ、男の汗とが油のようにふたりを混ぜ合わせた。暗闇の中で、影になって動く男の白い歯だけが光った。熱く吐く息があった。ウォルゲの体が小刻みに震えだした。男も体を震わして大きな息を吐き眼をむいた。ウォルゲは、尻の穴に力を入れて流れ出るものを止めた。それは潜っている時の感覚に似ていた。息苦しいために、全身の穴を締める。そうして、あの世に片足を引きずられでもするかのような畏れをもって浮かびあがり、ヒューッと肺をえぐる。

チョネ婆さんは、とうにウォルゲの変化に気がついていた。しかし、海に入るのをやめさせようとはしなかった。

「アイゴ、牛島の女は、産気づくまで海の中さ。そうすりゃ、ツルッと出てくるんだ。……腹の中の胎児も寒いさ。海女の児はそうやってこの世に出てくる前から経験豊かだ。寒いか？　寒いか？と声かけて潜るのさ。そうすると、児も腹を蹴って返事をするよ」

チョネ婆さんは相手が誰か、など聞きもしない。孕めば産む。産んだら育てるというのだろうか。

ウォルゲは、妊娠してみると思いもかけず自分の気持ちが変化しているのに気づいた。今までどれくらい稼いだのかさえ無関心であったのが、欲が出てきたのだった。

ウォルゲは以前にも増して長く潜るようになった。チョネ婆さんはウォルゲの変化に驚きながらも黙っていたが、ある時、

「そんなに気張っちゃ、水婆《ムルハルマン》さんに狙われるぞ。失敗したらあきらめてあがってくるんだよ」

と、真剣な眼をしてウォルゲに注意した。

「水婆さんって？」

「アイゴッ、おまえは、水婆さんも知らないで潜っていたのかい」

チッ、チッ、と舌打ちしながら、チョネ婆さんは、

「おまえのように欲ばった海女を狙うんだ。死んだのが悔しくてたまらんのさ。道づれをつくるんだよ」

「だって……、もう少しのところで息がきれて……。目印に石ころを置いてたってどこかわからないんだもの」

「おまえは、もうひとりじゃないんだろ。大事にしな。悔しく思ってるときに決まって白い海女服を着た水婆さんが、逃がした大きなアワビを眼の前に出して見せるのさ。でも、それを受け取ったら最後、海の底へ引きずられるのさ。そうやって死んだ海女がたくさんいるよ。水婆さんは仲間が欲しいのよ」

ウォルゲはチョネ婆さんの忠告を聞きながらも、大きなアワビやタコを見つけると、以前はただおもしろかっただけなのに、今は、胸が激しく高鳴るのだった。一回の潜水だけでは息が続かない。目印をつけて水面に上がってみると、浮きまで遠く離れていることがあった。さらに潜ってみても目印をしたはずの場所が探せずにいたのだった。

チョネ婆さんは、ウォルゲの表情を見てとったのか、

「アイゴ、おまえもやっぱり済州島の女だな。苦労するよ、まったく……」

そう言って、キセルに煙草の葉を詰めている。煙草を吸う海女は少ないが、チョネ婆さんは、自分が産んだ児を死なせてしまってから吸うようになっていた。チョネ婆さんが潜っている間にヨチヨチ歩きを始めていた児が船から落ちてしまったのだった。チョネ婆さんは、プワーッと煙を吐きだしてから、ポンッと煙草盆に小気味のいい音をさせて言った。

「アワビとサザエが砂の上を歩いた道があるんだよ。見分けるのはよく見たら分かるさ。幅が広いのはアワビ、狭いのはサザエさ。その跡を辿ると岩にぶつかるさ。その岩には次の日も必ず入っているから……。アワビもサザエも気にいった岩があるのさ。それが分かるともう一人前の上軍海女だ」

チョネ婆さんは歯のない口をあけて笑っている。

「どんな跡ですか？」

「アイッ、それは自分で探しな。ま、今度、日本に出稼ぎに行ったら教えてやるよ。あっちは入り江になってるから分かりやすいさ。すぐに金になるのはワカメだ。ワカメをしっかりと捕んな」

チョネ婆さんは、とっておきの秘密をばらしてしまったことを後悔するかのように、チェッ、チェッと言いながらどこかへ出かけてしまった。

歩いた跡、歩いた跡、とウォルゲは呟いていた。

（八）　出稼ぎ

日本に出稼ぎに出ていた隣村のキョンエが半年ぶりに帰ってきた。

ウォルゲはチョネ婆さんについてキョンエの家に行った。キョンエには子どもがふたりいて、下の子はまだ乳のみ児だった。キョンエの留守の間、もらい乳に通ううち、キョンエの夫が乳をもらっていた先の女と浮気をした、といった噂がたち、ひと悶着あったばかりだった。まだ三十前のキョンエは、はちきれそうな胸を出して乳をやっている最中だった。露出した肌は黒く焼けているのに、胸の谷間は晒したほどに白く、青い血管が浮いていた。キョンエがうつむくと、黒髪の分け目がハッとするほどに白い。

「アイッ、チョネ婆さん、元気でしたか」

キョンエが大きな声で言った。

「アニィ、元気もくそもあるもんか」

チョネ婆さん特有の応酬で、いっぺんになごやかになった。笑いながら、キョンエも負けていなかった。

「相変わらずねえ……、憎まれ口をたたくと長生きするってよ」

「長島に行ったんだって？」

「ええ、そうですよ。あっちは、潮の満ち干きがこっちのようにひどくないから、ずっと朝から夕方まで潜れたわ」

「……じゃあ、いっぱい稼いだね」

「いやぁ、イーケェセッキ（「この犬の児」。我が児かわいさに犬の児と言う）におみやげを買って、船賃払って帰ってきたら、亭主が博打で擦ったもんだから全部消えてなくなりましたよ、アッハッハッ」

キョンエは、口を歪めて笑いながら、乳を飲んでいる児のほっぺたをつねった。児は、びっくりしてけたたましく泣き、乳を吐いた。呼吸ができなくなった児がアップアップと眼をむき大きく口をあけると、キョンエは軽々と児をうつぶせにして気管につまった乳を吐かせた。児はまた、乳首をさがして頬をすぼめ音をたてながら乳を吸った。

「アイゴ、相変わらずだねえ」

「この児がいるからがんばれるんですけれどねぇ……アイッ、あの呑んだくれで博打うちの亭主、あたしがいない間、あの姉さんと乳くりあって！」

「……そんな事ないよ、あんたの亭主、誰も取らないさ」

チョネ婆さんは慰めるつもりなのか、からかってるのか分からないほどあいまいな口調で言った。

「アイッ、あんなおっさん！　ふろしきに包んでくれてやるよ、全く」

「ハッハッハッ、その元気だ。ところで、長島は一日中潜れるって？」

「ええ、波がおだやかだし、それにぃ、アイゴッ、畑仕事もないし、あっちは天国ですよ」

「そうさな。こっちでは、やれ畑だ、祭祀《チエサ》だと忙しいもんだ」

チョネ婆さんはそう言ってまた、キセルに煙草を詰めた。ウォルゲは、キョンエの家に行く前、チョネ婆さんが、陸地（半島）の海より日本に出稼ぎに出た方がいいらしい、キョンエに様子を聞いてみようかい、と言ったのを思いだしていた。

チョネ婆さんは水がぬるむに従って北へと半島を巡り、一時は沿海州にまで出稼ぎに出たらしいが、最近は海が汚れて獲物が少なくなった、とこぼしていた。が、真っ先に日本にまで行く勇気はなかった。

「何人で行ったんだい」

「八人ですよ。ここ、牛島からは三人でしょ、済州島から五人、親方がいい人なんでよかったですよ」

「アイッ、倭奴《ウェノム》にいい奴がいるのかい」

「なにぃ、うちの亭主より格段いいですよ。アイゴッ、ズボラなうちの亭主ときたら、朝から酒びたりで、博打だ。日本では、ええ……、びっくりしますよ。朝、鐘が鳴るわけでもないのに、毎日同じ時間に起きて、同じ時間にご飯を食べて、同じ時間に寝るんだから。うちの亭主ときたら、いつ起きるのか、いつ、食べるんだか、アイゴー、その日の機嫌しだい、とくるんだからさ。なにぃ、この児がいなきゃ、あたしは帰ってきたくなかったんですよ……。むこうじゃ、済州の海女はよく働くってびっくりしたらしい。で、親方の奥さんが、毎日果物やらなにやら差し入れしてくれるから、残った魚や貝をあげると、また、なにかくれてさ。あたしは肥ってきましたよ」

そこまで言うと、キョンエは児をゆりかご《クドッ》の中に寝かせて、足でゆりかごを揺らした。

「あっ、そうそう、一緒に海仕事をやっていた姉さんが、大阪に出た親戚を訪ねていった話では、大阪に出たらいくらでも仕事があるってさ。その姉さんがこんな、体ひとつでいつまでも潜れやしないし、こんな危ない仕事はやめたら、ってぇ、しつこく言ってましたよ。なんでも、飴ひとつ作るのだって、請負だってね。暖かい部屋の中でできるから天国だって言ってさ……」

そう言ってキョンエは、遠くを見るような表情をした。頬に朱がさしていた。

（九）出産

チョネ婆さんが長島へ出稼ぎに出た間に、ウォルゲは男の児を産んだ。

ウォルゲはその日もワカメ漁に出ていた。いきなり、腹を絞るような痛みが襲ってきたが、すぐに消えるので仕事を続けていた。だが、痛みと痛みの間隔が短くなっていったので仕事を中断して家に戻った。シリウスが青白い光を放っていた。凍りついた夜更け、浜にはひたひたと潮が満ちてきた。

ウォルゲは天井からのびた紐を持って、膝を曲げて中腰になった。音を立てるほど歯をくいしばり、ふしぶしの骨をきしませて、羊水の勢いに任せ嬰児をこの世に送りだした。その様子を見守っていた、産婆もすれば占いもするというとなりの婆さん《サンシンハルマン》が、ウォルゲと児を結んでいた臍の緒を切った。婆さんが、羊水が鼻に詰まっている嬰児を逆さにして尻を叩くと、プハプハと音を立てていた嬰児が大きな声でおぎゃーと産声を上げた。婆さんは、慣れた手つきで児を湯につけ、ぬめりを取った。顔を真っ赤にして手を虚空に泳がせ泣く児に、アイッ、チャマラー（がまんしなよ）、アイッ、チャマラー、とひとごとのように言いながら手際よく沐浴させ、児に産着を着せた。そうしてウォルゲの方をふり

むいた婆さんは、

「アイッ、唐辛子がついてきたやゲ」

と言って笑った。それから婆さんは、細い体に似合わないふしくれだった手で拳を作り、ウォルゲの下腹を押さえて後産を出した。

ウォルゲは、陣痛が嘘のように消えてなくなったので茫然と天井を見ていた。そして、おぎゃーという声に我にかえった。不思議だった。自分の身をわけて児が生まれ出たことがウォルゲに実感として沸きあがるはずなのに、まだそれは弱かった。体がだるく、眠りに落ちていきそうになった。あの、肉体を切り刻むかのような陣痛はどこへいって、この不思議なものが出てきたというのだろうか、とウォルゲは誰かに聞いてみたい気持ちになっていた。

婆さんは、腰をかがめて土間に下りたち、アマダイとワカメを入れた汁の用意にとりかかった。馬糞と牛糞を乾燥させてつくった燃料を取りに外に出た婆さんは、ブルッと身を震わせて腰を伸ばして空を見た。そして、またブルブルと身を震わせた。めでたい、めでたいと喜んであげたいのに、シリウス星はどこまでも冷ややかに白く、地は凍っていた。

翌日からウォルゲの胸ははちきれんばかりに張って痛かった。乳を吸う児は、一心に頬をへこませ、舌を乳首にからませる。それが可笑しくてウォルゲは児の頬をそっとひねったりした。すると児は、火がついたように泣いた。それでも満腹になった児はすやすやと眠る。するとウォルゲも児と一緒になって寝た。婆さんは、アイゴ、子どもが児を産んだよぉ……、と嘆息していた。ウォルゲは、ままごとでもするようにわずかな布でおむつを縫った。そうして、取りかえてはすぐに盥に入れて洗った。婆さんが後で洗うから、と言うが、ウォルゲはじっとしていられなかった。水が冷たすぎて泡だちが悪かったが、泡を空に飛ばしてみたりしていた。ウォルゲはしかし、この児のこれからの膨大な時間を思うとめまいがしそうになっていた。ひとつの処に長くいない暮らしを続けていて、今また、日本に気持ちが動きはじめている。そんなウォルゲ自身が児を産んでよかったのだろうか、という畏れにも似た気持ちになっていた。

遠くに対馬が見えていた。長島というのは、対馬からどれくらい行くと着くのだろうか、ウォルゲは腰を伸ばしてじっと海原の先を見つめていた。

（十）長島

ウォルゲは児にテイニと名づけた。テイニは、よく眠りよく乳を飲んだ。ウォルゲは出産してから三日もすると、テイニを籠に入れて浜に出て、海女たちの手伝いをしていた。百日が過ぎてテイニの首が据わると、チョネ婆さんにテイニを預けてウォルゲは長島に渡った。チョネ婆さんは、自分の孫のように児をかわいがり、畑に出る時には腰にくくりつけ、海に入る時には下軍の海女に子守りをさせて、収穫した物を分けあたえていた。ちょうど同じ頃に児を生んだ村の女に乳をもらいにいくのも少しの間だった。テイニは重湯やつぶした豆などもよく食べた。男の児にしては腸が強かった。テイニの父親は流れ者だったのか、あれ以来、ウォルゲを訪ねては来なかった。

長島に着くと、背の低い親方が待っていたとばかりに、海女たちを浜に近い平屋に連れて行った。親方は、浦五郎といった。五郎は日露戦争に従軍の後、満州から朝鮮へと守備についていた。当時の朝鮮では、京城での三・一暴動の後、鎮圧が成功したのか、同化政策が次第に進み街は平穏になっていった。五郎は守備隊の仕事が必要でなくなってから除隊し日本に戻った。しかし、五郎が丹後半島にある貧しい漁村に戻ってみても、名が示す通りの五男に故郷はないも同然だった。五郎は、わずかな田畑で汲々としている兄を見て、息が詰まりそうになっていた。大陸に渡ってにわか成金になっている移民を見たせいかもしれなかった。五郎は自分も勝負に出る時かもしれぬ、と悟った。軍隊時代に覚えた朝鮮語を生かし、御下賜金と恩給とを元手に、統営（今の忠武市、多島付近）で釜山海苔や筋子、明太魚など食料品と、統営膳という名産を扱う雑貨商を始めた。統営膳や鏡台、衣装箪笥には、サザエやアワビの殻でさまざまな意匠がこらされている。大量の殻を生かしてきらびやかで精巧な家具が造られていることに、五郎はいち早く目をつけて動いた。海女が捕ったサザエやアワビを料理家に卸したり、加工する場所に赴き、如才ない五郎は、再利用の糸口を作った。それらを統営を本拠地にして商い始めた。

そうこうしているうち、五郎は故郷の丹後半島から写真だけの見合いでイネと結婚した。移民の社会では、故郷《くに》から嫁をとるのがひとつの成功譚になっていた。イネは、小柄で色白の女だったが、五郎が話しかけねば三日でも黙っているような女だった。イネと床を共にした時、イネが初めてでないことに五郎は驚いたが、五郎とて商売女との一回だけの経験しかなく早漏であったので気づかぬふりをしていた。統営の海の見える丘で新婚世帯をもった。元市長の朝鮮家屋に住み朝鮮女を女中に使った。イネは特別に裕福な育ちをしたわけではなかったが、時間のある時には琴をつまびくような女だった。六人兄弟の真ん中に生まれ、合理的な考え方をする。感情を表に出さない芯の強いところがあるかと思えば、猫の死骸に涙したりする。イネは、息子が生まれてからどうしても内地で暮らしたいと泣いた。だんだんと痩せていくイネを見て五郎はとまどったが、ちょうどいい機会と、瀬戸内の長島に家を借りた。そうして五郎は、週のうち半分ずつ統営と長島を行き来した。

幸い、長島に来てからというもの、イネは欲をだして五郎より愛想よく立ちまわり、強情だが心根の優しいところがうまく出て、海女の世話をこなした。順調に水揚げていた。大陸に渡って羽振りのよくなった移民たちは、活きのいいアワビやサザエを求める。

五郎は、きびきびと動き黙って働く済州海女の中でも、ウォルゲの寡黙さに注目していた。大勢の海女たちは、よく働くが、気を許すと男衆のようにがさつになるのだったが、ウォルゲはイネが教える日本語を必死に覚えようとしていた。そしてひらがなとカタカナを覚えると、漫画に興味をもち始めていた。雨や強風の日に海に入れない時など、他の海女たちは、花札で遊んだり、町に出かけたいと五郎や船頭に無理を言うのだったが、イネが、八歳になる息子が見たあとの漫画、「子供パック」や「少年倶楽部」を持ってくると、ウォルゲはたちまちそれに夢中になった。

その日もイネは、法事の余った果物と菓子を持ってきた。海女たちは、珍しそうに日本の茶菓子を食べた。そして、魚や貝、ワカメなど、半端なものを賄いに使うようイネに渡した。そんなことが繰り返され、いつの間にか物々交換のようになっていた。イネは、息子の読み終わった漫画も、どうせ捨てるなら、と持ってきた。

児を産んでからのウォルゲは、痩せてはいるが頬から肩、腰にかけて丸みを帯びていたが、子どものように漫画の世界に夢中になっていた。

五郎は、他の女にはない、ウォルゲの機敏さと眉のあたりの聡明さ、そして、本人は意識していないだろう艶っぽさに、時々ハッとすることがあった。いや、しかし、朝鮮女ではないか、それも海女ごときに、と五郎は首を振るのだった。

ある日、海はシケて海女たちは部屋にいた。それぞれ、持ち寄ったキムチや味噌で残った魚を調理してにぎやかに食べていた。その部屋の隅でウォルゲは、相変わらず漫画に夢中だった。まるで顔と漫画が等距離で繋がっているかのように、寝転んでもあぐらをかいても、ウォルゲの眼はそこへ吸い付いているのだった。そして、時々、笑い声を立てていた。

「アイッ、あんた。そんなものが、あんたを慰めてくれるんかね」

仲間の海女がウォルゲに声かけるのだが、ウォルゲには聞こえない。漫画に描かれていたのは、英国のロビンソン・クルーソー物語だった。ウォルゲはカタカナを拾うようにして読み、意味がわかってくるとニヤーッと笑った。なんだ、こんな単純な物語なのか、と思うのだった。自分が海女であることなど忘れ、漫画の中のひとりになって遊ぶようになっていた。想像を膨らませていった。ウォルゲは、漫画の続きを読みたくて仕方がなかった。

五郎は、長島に本宅を構えてから、両親の月命日には坊さんを呼んで経を詠んでもらっていた。故郷《くに》では長男が両親の墓守りをしていたが、イネの勧めだった。イネは幼いころから、すらすらと「孝行の道」を暗誦できるほどだった。イネは自分の息子にも、

「まず人間と生まれては、親に孝行の道を知れ、親に不幸の人々は、ハト、鳥にも劣るなり、その孝行の趣は、遊女、博打、大酒せず。すべてお上の御布達を、そむかず条々あい守り、所の役人年上の人をあがめて軽しめな。朝早く起き遅く寝て、それぞれ家業を怠らず、寝所道具をかえりみよ。おごりを謹み節約し、なるたけ借銭せぬように、借りたるものは速やかに利息をつけて返すべし。女は嫁入る先の舅姑に孝行し、夫大切怠るな、悋気嫉妬は謹めよ。奉公勤めをする者は陰ひなたのなきように、敬いその身を使うべし」

と、繰り返し歌うように教えた。イネの子は、三歳の頃から、イネが人の道を唱え始めると、マー

オーハートーナーギャーゴーと唱和するのだった。

（十一） 悪霊祓い

月のない暗い夜、二メートル先さえ見えないほど霧が深かった。麻地の喪服に、同じ麻でつくった頭巾と脚絆をつけた門中の案内に従って、人々は黙って神妙に頭をたれ山道を登っていた。法衣に鉢巻をした男覡は、それでも息をきらすことなく、一定の間隔で歩幅を決めて歩いている。ミンスッとウォリも麻の朝鮮服に麻の手ぬぐいを頭に巻いて歩いていた。手伝いの下男はスコップと一枚の榧《かや》の木板、そして真綿などの道具を持って登っていた。下男は、時折止まっては山の位置を確かめて首を振った。

夜半に墓を掘りかえす。ミンスッはなんどもそういう場所に立ち会ってきていた。しかし、ウォリは初めてのことで胸が高鳴っていた。草むらに分け入ると、玄武岩で囲われた墓群が現れた。しかし、闇夜に眼が慣れてきても、かすかな土饅頭の傾斜が見てとれるだけだった。ある墓の前に来て門中のひとりが立ち止まった。悪霊に気づかれぬよう誰もが無言である。死者の親族でもある門中は、墓を指さした。

そこで、手伝いの男が直径四メートル、深さ二・五メートルほどの土饅頭の竜尾部分（遺体の足の方向に伸ばして土を盛る、その伸ばされた部分）から墓穴を掘りだした。蓋板までは粘土と土で覆われているが、作業はそのつど休みながらも、わりとすんなり進んだ。この日の墓は、まだ四年しか経っていないために蓋板は腐らずにあった。

葬られている死者は、門中において、たったひとりの若い跡取り息子であった。死者は幼い頃から真綿に包むように育てられたためか、それとも生来の孤独癖か、自己愛のみが一層強く深くなっていた。あまつさえ、その退屈な境遇に抗うこともせず、かえって先祖を鼻にかけて傲慢であった。眼には異様な光をたたえ、気性が荒かった。酒に溺れ、女に博打に道楽の限りを尽くして三十歳を前にして病に倒れた。次々に妾をとるのだが、娘ばかり生まれた。門中は、その不幸を先祖来の悪霊のせいと考えた。なんどもお祓いをした。巫覡を招き悪霊祓いをしたが死んだ。死んでのちも、残された正妻や子、門中に禍が重なった。彼らは、死者に対しての礼が足りなかったのか、それとも、悪霊祓いが足りなかったのか、と考えていた。ある時、墓の位置が悪い、と風水師が告げた。また、三年忌を迎えると、残された妻が娘しか産めなかったせいで本家を去ってしまった。門中は、一日も早く、遷移（墓を移す）せねばならぬと、この日に及んだのだった。

白骨化された死者が眠っていた。蓬髪の下にきれいに並ぶ歯が笑っているように開いていた。門中はドキッとした表情をした。葬式の日には顎を麻紐できつくしばって威厳を保っていたはずだった。その麻紐が外れていた。生きていたのか、いや、そんな筈はない。これこそ、風水師が言った悪霊のいたずらだと誰もが思った。男覡が監床旗を無言のまま左右に振った。それを合図に門中は、骨をひとつずつ、真綿をひろげた椢板の上に並べていった。

もぬけの空になった墓に、生卵を埋め元通りに土を盛った。その上に細い柳を植えてから、下男は元の墓の石垣を崩して、椢板を担いだ。先頭を男覡が監床旗をもって歩き、門中、下男、ミンスッとウォリ、そしてまた門中の一行は新しい墓へと移動していった。

後になって、なぜからになった墓に卵を埋め、土饅頭の上に柳を挿すのか、とウォリはミンスッに聞いた。するとミンスッは、柳の枝で籠を編む手を休めずに言った。

「悪霊が朝、明るくなってやって来たとするだろ？　辺りを見わたして、『俺の死体はどこに行った』と聞いても卵だったら『眼がないから、おらあ、しらねえ』と言えるじゃないか。そうだろ」

面倒くさそうに言ってからミンスッは、ウォリにも柳の枝の片方を持たせた。そしてまた、

「柳をなんで挿すのかって？　柳は叩かれても叩かれても簡単に折れないだろ？　風のまにまに漂ってとりとめがないから、悪霊、悪の神に、新しい墓の場所を気づかれる心配がないからだよ」

と言った。その立会いも巫女の大事な仕事であった。

ウォリは、元々深くものを考えるたちではなかったが、このごろ人に会うと、その人の顔の後ろに霊のようなものが見えて、その人の運命がある程度分かる気がする。それをミンスッに言ったものか、信じてもらえるだろうか、とミンスッの顔を見ながら考えていた。

（十二）　テイニ

出稼ぎに出てから半年ぶりにウォルゲが牛島に帰ってくると、テイニはすでに歩いていた。テイニはウォルゲを見ると、一瞬、ピクッと眼をしばたたかせてからチョネ婆さんをさがして泣いた。テイニは癇のきつい児でチョネ婆さんに甘やかされているせいか、駄々をこねても中途で止めたり、あきらめることのない性格をしていた。ウォルゲは、母になった実感よりも、仕事の方に興味がいくせいで、テイニが泣きやまないのを寂しいとも悲しいとも思わなかった。チョネ婆さんは、自分が産んだ児の代りとでも思うのか、癇の強いテイニを、賢い児だと言った。テイニはすでに歯が上下とも生えて、チョネ婆さんと同じものを食べていた。咀嚼に時間をかけて食べるので、よだれが口の端から次々に流れてきて、チョネ婆さんがそれを大きな手のひらでぬぐっている。また、筋のあるものは、チョネ婆さんが噛んでからテイニの口に入れていた。チョネ婆さんは、

「テイニは神童ではないか。七ヵ月から歩き始めたし、はや、字に興味をもっているよ」

と言った。チョネ婆さんがそう信じることで、傍目には洟をたらし、よだれを流しているのでボーッとして見えるテイニが、ウォルゲにも賢そうに見えてきた。チョネ婆さんは、豚の前足の柔らかいところの毛を揃えて糸でしばってから竹に挟んで筆を作った。毛は硬く線は割れるが筆にはちがいな

かった。それをテイニにもたせた。どこで調達したのか墨まで用意してあった。

「さあ、あの、海に浮かんでいる筏舟《テウ》を知ってるだろ。書いてみな」

と、チョネ婆さんは、馬のたてがみを庭の筵に広げながらテイニを座らせて言った。テイニは、にぎりこぶしで筆をもっても紙に書こうとせず、チョネ婆さんの太ももや足にらくがきをした。そんなことさえ、チョネ婆さんはおもしろがった。ウォルゲは、わたしだったら怒ってしまうのに、と思った。チョネ婆さんは、遊びつかれたせいで、半分瞼が垂れてきたテイニを抱きながらテイニの唐辛子をつまんだ。

「アイゴォ、この犬糞児《ケットンイ》やあ」

と節をつけ謡いながらテイニの頭をなでた。

「アイッ、この児ったら、糞としっこが別々に出てくるんだぁ、アッハッハッ。やっぱり男の児は違うもんだ、ん。早く大きくなって、済州島に留学してえらーい人になるんだぞ。まちがっても海に入るなどと思うな」

チョネ婆さんは、テイニの唐辛子をつまみながら言い、いつまでも笑った。そんなチョネ婆さんがうれしいのか、テイニもよだれをたらしながら大きな口をあけて笑うのだった。それからチョネ婆さんは、テイニをゆりかごに入れると、足の親指とひとさし指でゆりかごを揺らし、オギィチャーラン、オギィチャーランと子守唄を歌ってテイニを寝かせた。テイニは発育がよく、すでにゆりかごからはみだしそうになっていたので、左右に揺れるたびにゆりかごから落ちそうだった。

ウォルゲは、金を稼いではきたものの、なぜか気が晴れなかった。憂鬱なのだ。テイニはかわいい。それこそ自分の身を削って出てきた実感をもっていたが、なにかの拍子に、ハッとする時があった。それは何か分からないが、自分の子であって自分の子でないというようなものだった。

「長島はうまくいったかい」

チョネ婆さんに声をかけられて、ウォルゲは我にかえったように顔をあげた。

「ええ、キョンエ姉さんと一緒だったでしょ。いろいろと教えてもらって……、難なく毎日……」

この時ウォルゲは、またすぐにでも日本に行きたいと思っていた。テイニとの暮らしもこんな寒村ではなく、都会に住んでいい学校に行かせたい、いや近代文明の国、日本の学校に行かせてあげたいと思いはじめていたが、チョネ婆さんには言えなかった。


テイニが三歳になったある昼さがり、禁漁期に入ったのでウォルゲはまた近々長島に出かけて行こうと、畑の整地を済ませていた。あとは種蒔きだけしておけば心配なく出かけられると、昼ごはんに家に戻ってきた。チョネ婆さんとテイニとは麦飯と塩づけの菜っぱでかきこんでいた。テイニは、そんなご飯がものたりなくて、駄々をこねた。祭祀のときに食べた卵焼きが欲しいという。テイニは土間に寝ころんで盛んにわめいた。「卵、卵」と連呼するテイニを見てもチョネ婆さんは慣れたといわんばかり、涼しい顔で食べている。ウォルゲは、月経が近いせいか、その日に限ってテイニの声が癇にさわってイライラしていた。チョネ婆さんが男だといって甘やかすからこんなに聞き分けがないのだわ。長島の親方のところの坊やは礼儀正しいし、おとなしい。そう思うと、テイニのことを許せなくなった。ウォルゲは、

「ぜいたく言わないで食べ」

テイニの頬をパシッとしばいた。するとテイニは一段と大声で泣いた。そして、匙を放りなげた。ウォルゲはまた腹をたてて、テイニの足といわず腕といわず、叩いた。テイニは、床に大の字になって足をばたつかせて喚いた。テイニの脚を両手で押さえようとかがんだウォルゲの耳に、あろうことか、テイニが振りまわした箸がはずみで入ってしまった。ウォルゲが、アーッ、と悲鳴をあげるのと、チョネ婆さんが匙を置くのとが同時だった。ウォルゲの右耳から血が流れていた。

(十三) 君が代丸

君が代丸は城山港の沖に停泊していた。太陽が沈みかけて海と空を真っ赤に染めている。ウォルゲを乗せた小さな伝馬船が君が代丸に近づいていった。小さな伝馬船には城山から五人増えて船頭をあわせると十人が乗っていた。君が代丸の甲板からタラップが降りている。船頭が櫂を置いた。ひと

り、またひとりと立ちあがると小船は波の上でひどく揺れた。上下左右に揺れてガッキ、ゴッキと音をたてながら君が代丸の舷を擦っていた。タラップに足をかけようとすると、体の重心が崩れて、若いウォルゲにも登るのが難しそうだった。三十代の夫婦は、女房が怖がって大きな声を出して震えるので、伝馬船は更に揺れた。亭主がどなり、女房の尻を持ちあげるとズルッという音がした。この頃流行りだしたゴム靴《コムシン》（ゴムで作った朝鮮靴）がいけなかった。滑って、せっかくあがった三段もふりだしに戻ってしまった。女房は亭主に、アイゴーあんたはいつになったら役にたつのかね、と悪態をつき、亭主も負けじと、、豚の方が役にたつさ、とウォルゲの顔を見て笑った。女房がやっと上がって、亭主も続いた。ウォルゲは、誰かわからなかったが、タラップを押さえてくれる人がいたので一回で上がることができた。

ウォルゲがこれまで長島に渡っていた時は、城山港からそのまま漁船で渡っていた。それが、大阪ともなるとこんなにも大きい船なのか、とウォルゲは辺りを見まわしていた。船の中に電灯が点いていて不思議だった。明るい。これが謳われた日本の文明なのか、とウォルゲは改めて近代とか文明とかにたとえられる日本がまぶしく感じられていた。

船底に近い三等の大部屋には、すでに西帰浦《ソギポ》の港から乗り込んだ人たちがいて総勢四十人ほどになっていた。人いきれがムッとし、鼻をつくにおいにもすぐに慣れた。いびきをかいて寝ころがっている男や、横になってひそひそと話す人がいる中をウォルゲは、隅の方に寄って荷物の上に座った。となりには、ヒラメのような顔で、細い眼をしたお婆さんが眉をしかめてキセルをカチカチと鳴らしながら、せわしげに煙草を吸っていた。済州姥《チェジュハルマン》ではないその様子に、ウォルゲは、人々の往来が頻繁になって日本へと移動していくのを実感していた。しばらくすると、ボーッという大きな音がして、エンジン音が三等船室を揺るがすほどの振動をもって伝わってきた。動きだしたのだ。

ウォルゲは、甲板にあがっていった。すると、あれほど海も山も焦がしていた夕日は地平線に沈んでいた。陸は港から山にかけて灰色の稜線の中にあった。兎山村は一段と濃い灰色の闇に閉ざされていた。ウォルゲは、兎山村の方向に眼をやりながら、この船に乗る前にミンスッとウォリを訪ねた日のことを思いだしていた。

改めて実家の前に立ったウォルゲは胸のつぶれるような思いを抱いていた。時を経て見てみると、よくよく落ちぶれたとしても、この廃屋に人が住むということは想像できなかった。チョネ婆さんの家とて貧しい藁屋根であったが、まだ活気があった。人が生活を営む生気がみなぎっていた。ここには、生活がない。ウォルゲはじっとたたずみ、十四歳まですごしたこの家での歳月を思いだしていた。が、ミンスッとウォリは、ウォルミの産んだスナニ（順安）の手をひいて、陸地へ渡っていったらしい。それを村人に聞いて、ウォルゲは、ホッとしたような、がっかりしたような気持ちで実家を後にしたのだった。

鼓膜が破れてしまったウォルゲは、海に入ることができなくなっていた。親方の五郎は、ウォルゲの腕を惜しんだが、ウォルゲは、ものの一メートルも潜れば頭が割れるかと思うほどだったので、海女の仕事をあきらめざるを得なかった。その代りといっては変だが、五郎は、自分の手伝いをするか、と誘った。しかしウォルゲははっきりと返事をしないでいた。ウォルゲは牛島と済州島、長島と渡っているうちに、商売をするならもっと人の多い場所に出てみたいと思っていた。長島は海女にとってはいいが、市は小さかった。そして、済州島で五日市にも出てみたが、場所捕りに殺気だつ女ばかりで、いくら身が軽いといっても若いウォルゲは足蹴にされるほどで、ウォルゲは、荒荒しい気性の海女といえども生存競争の過酷さには慣れていなかった。どちらも気が進まなかった。そして、村の男や済州島からは夫婦や家族で日本の大阪に渡って、成功している話が伝わってくる。大阪ではゴム工場や傘製造など、いくらでも請負の仕事がある、と聞いた。請負なら夜を日に継いでがんばればなんとかなる。それに人がいて仕事があるということは、食料もいる。自分が持って行き来する海産物も売れるだろう、とウォルゲは考えていた。ウォルゲは同胞の多い大阪に出てみたいと思った。大阪と済州島間に定期航海がはじまったとも聞いていた。

ウォルゲは長島から帰ってから、チョネ婆さんに

「サムチュン（親戚でなくても、おばさんという意味で使う）……。日本の大阪、というところに行ってみたいんだけれど」

と顔色を窺い切り出した。チョネ婆さんは、勘のいい人で、すでに分かっていたよ、とでもいうようにうなずいた。

「そうさなー、こんなに海も畑も痩せてしまっちゃ……、倭人が根こそぎ持っていってしまうもんだからな。日本に行くしか仕方ないだろうさ。あたしはここで畑をつくって土を食べてでも生きていくがね、おまえは、アイゴッ、まだ若い。キョンエに伝手《つて》を頼って一日も早く日本に行きなよ。そうして基盤をつくってからテイニを迎えに来ても遅くないさな」

そう言ってウォルゲを送りだしてくれた。牛島に渡って五年の月日が流れていた。その間にウォルゲは、自分の分身ともいうべき児を産んだ。産褥の床にいても、母を恋しがらないウォルゲをみて、チョネ婆さんは眉をすこし動かしただけだった。元々チョネ婆さんは流れに竿差すような人間ではなかった。無神経ともいえるほど運命を受容する。あきらめが先だつのだった。ところが、それとは正反対とでもいえる不思議な感覚をも持ちあわせていた。

時折、牛島と城山日出峰との間を東に航行していた日本行きの船が牛島に近い沖で座礁した。島の人間は、岩のごつごつした難所を心得ていた。いつどこら辺で難破するのかも熟練の漁師は知っていた。が、浜でそれと知った村人たちは、それでも知らぬふりをしていた。船に山と積んだ物資は、元はといえば、自分たちの物だった。そういう意識が村人にあった。船が水に浸り沈むまでの時間を計って、星のふる夜半、村人たちは筏船を繰って沖へ出た。座礁した船は、少しでも軽くすむため荷を海に投げ出していた。それらがプカプカと浮いている。重い物は沈んでいる。潜って引きあげるのは海女の仕事だった。海女は紐を持って潜り、荷に紐をかけて合図を送る。すると、筏船にいる男たちが引きあげるのだった。チョネ婆さんはそこでも熟練だった。村人は黙々と鱈や昆布、ワカメ、たまに毛布などを漂流物として拾ってくるのだった。そういうことが、多い時は月に一度か二度あった。しかし、そういったことをチョネ婆さんは口には出さなかった。

ウォルゲには、大阪に出てあてがある訳ではなかった。ちょうど五年前、済州島の浜を歩いていて、運よく海女船に乗せてもらうことができた時から、自分には、なにかしら守護神とでも呼べるものがついている気がするのだった。きっと運を摑むことができる、とウォルゲは根拠のないまま思っていた。

三等船室に入っていくと、大方の人は荷物に寄りかかったりして寝る支度をしていた。ウォルゲがそういった人の間を抜けて自分の荷を置いた場所にまで行こうとしていると、蒼白い皮膚に静脈の浮きでた乳房を出して生後三ヵ月になるかならないかという嬰児に乳を含ませている母親がいるのに気がついた。親子とも栄養失調の状態が進んでいる。まだ二十代とおぼしい母親は、眼の周りに隈を作って、萎びて皺だらけの小さな顔をかしげてうつろな表情をしていた。あきらかに産後の肥立ちが悪い。こんな女が日本に渡って、果たして生きていけるのだろうか、とウォルゲが見ていると、襟に毛皮のついた袖なしの外套を着た恰幅のいい男がその女の前に立って何か言った。すると、女は見るも無残な悲しい表情をして腹の辺りに巻いていた布から、きっとなけなしの金であろうと思われるしぐさ、ウォルゲが見てさえ、それと分かる動きをして包みを男に渡していた。そうしてから女は、大きな涙の粒を嬰児の顔の上に落とした。

それは、この君が代丸に同船している皆が、なかばはしゃぎ、昂ぶる気持ちをもって、新天地に甦生《そせい》の約束でもあるように、流れていこうとする希望に影をおとすものだった。博打だということは誰もが分かっていた。しかし、日本にさえ行けば白い飯を食べ、子どもにも教育を受けさせることができる、それが文明だ、と憧れと夢を共有していた。しかし、一時の感傷は船酔いにまぎれてしまった。皆はぐったりと身を横たえていた。ウォルゲも胃の辺りがせりあがるようになってきたので、横になって黴と汗の匂いのする毛布を被った。

（十四）　スナニ

スナニは、七歳になっていた。母親のウォルミに似て、色白で華奢な骨つきで、ひょろっと長い首をかしげる癖のある娘だった。言葉が遅く、ミンスッは、あるいはこの子は物の言えない子だろうか、と危惧した時期もあったが、四歳も過ぎようとしたある日から、まるで眠りから覚めたとでもいうようにしゃべりだした。そうすると、とめどなくしゃべり続けるので、ミンスッが注意して見てみると、スナニは、鳥といい、兎、豚、虫にまで話しかけている。そして、最後には、虫を押しつぶしたり、豚の尻をぶったりしてニヤッと笑うのだった。すこし斜視のスナニがひとりごちて笑うと、ひんやりとした空気が漂っているのに、ミンスッはいちはやく気がついた。

ある行商人が、ウォルミが京城に居るらしいということをミンスッにつぶやいた。京城……。ミンスッは、もう、じっとしていられなくなった。またもや、放浪の虫が動きだした。しかし、一方で、ミンスッは自分は若くないことを実感しはじめていた。以前には二、三日をかけてお祓いを済ませた後など、神霊が乗り移って、この世とあの世との境のギリギリにいるという気持ちが、ミンスッをあるまで、求められれば廃寺であろうと、洞窟であろうと、いたぶるような性に囚われていた。しかし、始まりがあって終わりがあるように、ミンスッは年をとった。もはやそのような激しくも夢想の世界に漂うことも久しく無くなっていた。それに、神が自分の体に乗り移ってくる感覚が薄れてきていた。

じりじりと太陽が身を焦がす暑い日だった。ハルラ山を取りまく側火山は屏風のようにうねって、風をはばむようだった。この山を越えて北へ出ると済州市に着く。済州市に行けば、知り合いの男覡がいる。とりあえずそこへ行こうと、簡単に荷をまとめての出立だった。

スナニはミンスッの後ろを歩いていた。ミンスッがしょっている背の籠には、はったい粉や麦、さつまいもなどと線香、蠟燭、紙と筆、紐などが入っていた。ウォリも腰と背に荷を載せている。茨をかきわけ、麓にさしかかりごつごつとした岩を登るように上がる時、スナニはミンスッの尻を押した。海抜五百メートルほど上がった時だった。スナニがいち早く水の匂いを嗅ぎつけたのか、ミンスッの腕をすりぬけて走っていった。ミンスッとウォリも耳を澄ませてみると水の音がしていた。段々と大きくなっていく水の音に誘われるように歩くと、三メートルほどの大きな岩を伝ってひとすじの滝が落ちていた。滝の傍に岩に刻まれた薬師如来像があった。ミンスッは厳かにその仏像に礼をした。その薬師如来像の奥に寺があった。廃屋にはなっていたが、木を刳りぬいた椀に柴、火の跡があった。

ミンスッは、ウォリに声をかけた。

「今夜はここで寝るとするか、久しぶりに屋根の下だ。済州市はもうすぐだろうさ」

ミンスッとウォリが荷をおろしていると、スナニは、滝の方へ走っていき、しぶきがたつ水の中へと入っていった。ウォリが気づき、あたふたと追いかけていった。スナニは、腰まで水に浸かっていたが、怖がるどころか、喜んでさえいた。額や腋から腹にかけて、汗の後がひんやりとして頭の芯がジーンと凍ったかのように痺れるのだった。ウォリもいつしかその爽やかさにひかれて、身につけていた服を脱いで岩にかけた。そうして水浴びをした。ウォリの顔や腕は陽にやけていたが、衣服に隠れていたところは晒したように白い。桃色の小さな乳首は天にむけてはちきれそうだった。木の棒のように痩せたスナニは、潜っていた顔をいきなりウォリの眼前でカッパのようにだして、ワーッという大きな声を出し驚かせた。

「アイッ、そんなに暴れちゃ、腹がへるばかりだ。早く柴を集めておいでな」

ミンスッはウォリに向かって言ったが、ふたりには聞こえなかった。飛沫に光がからんではじけていた。水の精を吸い込むかのようにふたりは遊んだ。スナニが唇を紫色にしながら、眼を左右に忙しく動かせて言った。

「おばちゃん、あそこに行ってみない？」

「どこ？　滝の裏？」

「うん、そうだよ」

「滝の裏には、水鬼神がいるって、前に聞いたよ。やめとこう」

大きな石によりかかっていたウォリはそう言ったが、それであきらめるスナニではなかった。しばらくしてウォリが水から上がり、柴をかき集めだした時、スナニは、大きく胸で息を吸い込んで、滝の裏にまで潜っていった。驚いたミンスッとウォリが、スナニやぁ、スナニやーと叫び続けたが、水しぶきの音がして、鳥が飛び交い光を撥ねるのみだった。スナニやぁ、という声がこだました。スナニやぁ、スナニやぁ、と悲しげな声が続いていた。

それからどれくらいの時が経ったのか、時間にしてものの半時だったのだろうが、ミンスッとウォリの焦燥はしだいに大きくなって、落ち着きをなくしていった。ミンスッは地を叩き、ウォリが、人里にまで降りていって人を呼ぼうかと行きつ戻りつ頭を抱えていると、なんの前ぶれもなく、スナニが仰向きに流れてきた。一層、悲鳴のように、スナニやー、アイゴッ、スナニやーとミンスッが叫ぶと、ガバッとスナニは起き上がり、ケラケラと笑った。アハハ、アハハと、全身、ずぶ濡れた幽霊のような格好で腹を抱えて笑った。ミンスッとウォリはあっけにとられ、泣いて怒った。

（十五）猪飼野町

ウォルゲが築港に着いたのは早朝だった。それぞれが親戚や伝手を頼って別れていった。船の中で同室だったキセルの婆さんは、さっさと下船すると、大勢の屈強な若衆の出迎えを受けていた。沖仲仕が荷をおろすと、三輪トラックにそれらを積みこんで西方面に消えた。ウォルゲは、猪飼野に行くという人たちに続いて降りた。

平野川の橋のたもとに交番所があった。赤い電灯が点いている。ウォルゲは、浦五郎に書いてもらった地図と名前が書いてある紙を持って交番に入っていった。

書類になにかを書きこんでいた巡査は、若い娘が立っているので、一瞬、少し口を開けたが、朝鮮人と分かると眉をしかめた。ウォルゲは日本語がしゃべれないので、渡航証明書と一緒に「東成区猪飼野町一丁目三番地、海産物商、鈴木」と書いてあるメモを巡査に渡した。

五郎は親切にも、メモの中で、ウォルゲのことを紹介する文面を書いていた。そして、紹介者である自分の身分も簡単に触れてあった。それで、ウォルゲが単身であるにもかかわらず、鈴木商店まで辿りつくのがすんなりと進んだ。

平野川に沿って作られた町の四つ辻に、ひっつめ髪に簪を刺した済州姥が座っていた。まばたきを忘れたかのような眼窩は深く白い。顎の張った四角い顔、グローブのような手、簪を外し、ナッパ服を着せると、男か女か分からなくなる、そんな婆さんたちが辻ごとに日がな一日そうして座っていた。干し明太やワカメ、にんにく、豆もやしなどを茣蓙の上に並べている。

くねくねとしたでこぼこ道が交わって川に至るそこは、ゴムの焼けた匂いがしていた。生ゴムに亜鉛華、炭酸マグネシウム、カーボン黒などと塩化硫黄を混ぜると、自然とまるで内臓がひっくりかえされたように、黄色い胃液があがってくる。どちらが上流なのか下流なのか分からないくらい、流れの淀んだ平野川に工場の廃液が流されていくと、真っ黒な川水が緑色に変化していった。

そんな場所でも早朝に牛乳屋の車が走りぬけると一日が始まっていった。豆腐屋がラッパを鳴らし、工場のサイレンが空気を割っていった。荷馬車の車輪が鈍い軋《きし》みをたて、馬の蹄鉄が地面を引っかいて、下駄の音がした。遠くに電車が通っていた。

人と風が集まり渦をなす界隈の辻、辻に済州姥がいて、市場の表にも素人家の軒先で石油缶が台代わりになって明石タコなど売っていた。

鈴木商店は、日本人が安売りを始めた店だった。そこでは八百屋のように、海産物以外にも、売れるとあらばなんでも売っていた。ごま油に、にんにく、干した明太、干しダコ、豆もやし、乾燥したアワビ、サザエ、唐辛子、ごまなどだった。

ウォルゲは、さっそく長島と大阪を往来して荷を運ぶ、行商人のようなことを始めた。浦五郎の店と鈴木商店とを往復しては、ワカメなどを運ぶのだが、ウォルゲは、イネに勧められて、朝鮮服を脱いだ。イネのおさがりではあったが、もんぺにブラウスを着ると、むだな贅肉がないだけすっきりとしている。ウォルゲはコンニチハとアリガトウを一等先に覚えた。ありがとうにございます、を続けて言おうとすると、コサイマスになってしまうのだった。鈴木商店の二階に間借りをしたが、早く稼いで台所のついた部屋に移ろうと思っていた。

梅雨に入って長雨が続いていた。ウォルゲは、雨の降る日には、飴の袋入れをする内職を始めた。ある雨の夜、じとじとと蒸し暑い日だった。寒さ暑さ冷たさにも強いウォルゲだったが、湿った風とムッとして息がつまるような気候にはさすがに慣れず、塩をまかれた青菜のように萎れていた。汗が皮膚にはりついてベタベタとまとわりつくようで、ウォルゲは、こめかみから汗をしたたらせ大きなため息をついていた。

悲鳴が聞こえたと思ったら、ドタドタと階段をかけおりる音がした。ウォルゲが驚いて窓の外をみると、向かいの豚肉屋の二階に間借りしている夫婦だった。向いの家とは三メートルと離れていない。

亭主が茹でダコのように真っ赤な顔をして仁王立ちになっている。

「東京で大学まで出た俺がどんな気持ちでスクラップを集めてると思うんや」

と怒鳴っている。

妻は投げ出されて階段を転がったようだった。この前も、

「三人も産んでひとりも男を産めん女が」

と怒鳴られ、殴られていた妻だった。その亭主は済州島では、代々続いた地主の出で、東京の大学に留学している間に実家が没落し、帰っていく家がなくなったのだった。

済州島では昔から、地主や両班の家では、幼いころに年上の女との婚姻を済ませる風習がある。早くから夫の家に入って、はた織りや畑仕事をしながら努める妻も、同等の両班の家柄か、下級両班である。しかし、下級両班の家から嫁した場合、どれだけの米や畑がやりとりされたのかは分からないが、下女と同様にこき使われる。いや、下女の方がましである。寝小便をするような男の妻とされて、働き手として幾年が流れていくが、夫が性に目覚めてからが酷い。まれに好き合った例もあるが、だいたいは、親の嵩を鼻にかけた高慢な亭主は伽の床でも横柄であった。夜も昼も狂ったように求め、果ててしまえば、妻を労わるということに欠けているのだった。

向かいの男は、以前にも、料理が冷めている、といって妻を折檻していた。

ウォルゲは、夫をもたずにきたせいで、そんな経験がなくその度に驚いていた。ウォルゲが向かい

の家を訪ね、黙ってワカメをさしだし、アイゴーとため息をつくと、くだんの妻は、泣きながら髪に櫛を入れていた。抜けた毛はふわふわと宙に浮き、生き物のように電球の周りを泳いでいるのを力のない眼で見つめ、

「この夫から逃げたところで、生きていけやしない。どうせ苦労するのなら、産んだ子を育てなきゃ……ねぇ」

と呟くのだった。ウォルゲは、はなから、男を頼りにはしていなかったから、この女房の言うことに驚いていた。いや、ウォルゲは、男だけではなく、人を頼る、という感情に欠けていた。生まれたのがひとりなら、死んでいくのもひとり、生きていくのもひとりでいいじゃないか、と思うのだった。しかし、そんなウォルゲにも子が生まれた。ウォルゲは、どこか、自分の感情をもて余していた。

(十六) チフス

ある冬の夕暮れ、ウォルミは鐘路通りに向かって歩いていた。両手の指先はかじかんで、つま先はしびれていたが、冠のように三つ編みの髪を頭に巻いて、澄まして歩くウォルミは、背筋をのばしていると、鼻から口元、首から顎の線が流れるようで華があった。それに色が白く手首と足首がキュッと締まっている。裳の表からはそれと分からないが、ふとした拍子に手首と足首が見えると、そこい

恐れ入りますが、切手をお張り下さい。

〒113－0033

東京都文京区本郷

2－3－10

お茶の水ビル内

（株）社会評論社　行

おなまえ　　　　　　　　　　　　　　　　様

（　　　　才）

ご住所

メールアドレス

購入をご希望の本がございましたらお知らせ下さい。
（送料小社負担。請求書同封）

書名

メールでも承ります。　book@shahyo.com

今回お読みになった感想、ご意見お寄せ下さい。

書名

メールでも承ります。 book@shahyo.com

らの主婦にはない色気が現れる。

ウォルミは、坂を下りた先の質屋に行こうとしていた。昼にはやんでいた雪があられになって降ってきていた。しばらく歩くとぬかるんだ路の泥がはねて裳にしみを作っていた。

ウォルミは、最近、病的なまでにイライラしていた。生来、気難しい性格であったが、客を選び、気にいらない客には、とっとと帰って！　と追い返すので、段々、客足は遠のき、チリ紙さえ切らすはめになっていた。しかし、どんなに逼迫してもウォルミはおいしい物は食べたいし、きれいな着物を着たい。それは人の何倍もの欲だった。たとえ虱がたかり、腐りかけの豆や時には残り物の牛汁にありつけはしても、ウォルミは今の生活に慣れることができないでいた。以前、気前のいい客が何日も通ってきて、愛の証しにとくれた銀の簪を質に入れて、マッコリ（どぶろく）とまともな牛汁にありつきたいと思っていた。

景福宮《キョンボックン》の北西にある四つ辻では、びっこを曳きながら歩く乞食や、裸足で歩く男や女、せかせかと早足で行く会社員らが行き交っていた。

ウォルミは質屋に入っていった。額が狭く、鼻が大きい、事務服のような上っぱりを着た男がひとりいるだけだった。金網で囲まれた柵に丸い穴が開いていた。そこへ簪を入れると、男は下唇を突きだし、無言でメガネをずりあげて品物を手にした。

「これは、銀ではありませんな。いくらもなりませんよ」

大きな鼻の穴を広げて男は言った。

「そんな筈はありませんよ、婚約の印にもらったものなのに」

ウォルミはがんばったが、うすら笑いをした男は、ウォルミの素性を知っているといわんばかりに、

「近頃はこんな、おもちゃのようなものが出回っているのですよ」

と言ってから、

「五銭なら」

と言った。その時、扉を開けて入ってきた少年がいた。五銭では承服できないとばかり、次の言葉を探していたウォルミだったが、おどおどとして恥ずかしそうにしている少年に譲って横に退いた。

少年は、布にくるんでいた銀の指輪を金網の下方の穴に入れた。すると、事務の男はそれを仔細にみた後、秤にかけた。

「いくら欲しいんだ」

メガネを小鼻までずり下げた男は裸眼の上眼遣いで少年を見ながら言った。痩せてはいるが、聡明な眼をした少年は、

「六十銭ください」

「おまえの名はなんというのだい？」

男が言うと、また少年は恥ずかしそうに、顔を赤らめて名を言った。

「キム・サン（金相）」

男は質札に名を書いて、少年に六十銭と質札を渡していた。ウォルミに対するよりも親身にしていると見えたのはウォルミのひがみでもなかろう。ウォルミも、少年のあかぎれて腫れた手や、ぼさぼさの髪、冬だというのに肘までしかない単衣の木綿上衣を着てズボンもおおかた、もっと幼い頃の物なのだろうか、ひざまでの長さしかなく汚れている姿に、視線を奪われた。街にはありふれた少年だった。しかし、いかにも賢そうに唇を一文字にした少年が質屋に入ってきて、ウォルミを認めると、はにかんだその様子がウォルミを捉えた。

ウォルミは、質屋の男とかけひきする気が失せて、いいなりに五銭と質札をもらった。ウォルミが外に出ると横なぐりの雨が降ってきた。質屋の庇で雨宿りしていると、少年が向かいの炭屋から出てきた。雨に濡らすまいと、上着の中に炭を入れて走っていった。ウォルミは、雨に濡れるのも構わず少年の後をつけて走った。

総督府に勤める役人の家に住み込む下男の息子だった。屋敷の門に沿った路地に雇人の小屋があった。少年は九歳になっていたが、発育が悪く、背も低い。普通学校に通う傍ら、朝の庭掃除や冬になると屋根の雪かき、夏には草むしりにお使い、それに去年生まれた妹の守りがあって、学校から帰ると妹を背中に括りつけられていた。この日は、夕飯に焚く薪もなければ、米もなかった。人力車で主人を送った父は、夕方、また主人を迎えに出るまでの間、少しは稼いだのだが、そのわずかばかりの売上を増やそうと、花札博打をしてすってしまっていた。

ウォルミは、少年の家を確認してから、髪結いに出かけるときや、漢薬を買いに出るときなど、わざと遠まわりしてそこへ寄ってから戻っていた。

ある夜、部屋に明りが点り、少年が本を音読している声がした。ウォルミは少しでも小屋に近づいて聞こうとした。そして、耳に神経を集中させていたが、朗々とした声は一分もたたずに明りと共に消えてしまった。

ウォルミは、その時、初めて自分が産んだスナニのことを思いだした。いや、それまでにも考えることはあったが、手に実感のないものだった。生きているとすれば、少年くらいの歳か、すると、このように、夜になると本を読むのか……、と。いやいや、スナニは女だから、学校には行ってはいないだろう。今でも、済州島にいるのだろうか、と考えて歩いていると、牛車が、泥をはねてウォルミの裳にしみを作った。雨あがりの道に轍が一本スーッと伸びている。

それから何日も経たない日曜日のことだった。冬にしては暖かい日だった。

ウォルミが、習慣のようになった道を辿って小屋まで来ると、汚れた服の胸をはだけたまま少年を打《ぶ》っている女がいた。牛のふぐりのように垂れてしおれた乳房がその度に揺れている。少年は頭を抱え、背を丸めてじっとしていた。ウォルミは駆け寄っていき、

「アイゴ、どうしたんですか」

と声をかけて少年を抱きかかえた。ポカンとして口をあけた女は、息を吐いたかと思うと、ウォルミの姿を上から下までジロッと見据えた。そして、眉をあげて、

「あんたになんの関係があるかね、こいつは、気位ばかり高くって、まるで殿さまのつもりだよ。糞の役にもたたない」

「何があったのです」

「何があっただってぇ。あんたみたいに化粧をした人にゃ、わかる筈がないさ。アイゴッ！　こいつは残飯は厭だって、食べないんだ。そりゃ、腹を減らすのは、この餓鬼だ。あたしじゃないさ。そうさ、あたしじゃないさ」

と言って女は泣きだした。ウォルミは、涙は嫌いだったので少年の方に向き直った。少年の顔を見てからウォルミは、まるで奥様が施しでも与えるような素振りに見えるかと一瞬ためらったが、

「これ、少しだけれど、米でも買ってくださいな」

と言って、三十銭を出した。驚いた女は、卑屈な眼の色を隠そうと、唇を噛んでみるのだが、

「見ず知らずの人に恵んでもらうほど、落ちぶれちゃいませんがね、乳飲み子がいるもんで、じゃぁ、ちょっとばかしお借りしときます」

と言ってはだけた胸の前を掛け合わせ受け取った。それら一部始終をじっと睨むように見ていた少

年は、涙をこらえて、唇を噛んでいた。

そのことがあって、しばらくすると、お使いに出ていた少年とウォルミは、橋のたもとでばったり会った。ウォルミは、この時とばかりに、

「キム・サン君?」

おどけるように呼んだ。いきなり呼ばれてびっくりした少年は、それでもまっすぐにウォルミを見た。その眼には、拒絶の光はなく、素直な眼をしていた。

「どこ行くの」

「薪を買いに」

「急ぐ?」

「別に……」

「じゃあ、お姉ちゃんが牛汁をおごってあげる。さ、行こう」

と言ってウォルミは少年の手を握った。瞬間、少年はピクッと肩を震わせたが、ウォルミに従って食堂に入った。

湯気のたつ牛汁に餅を入れて出されると、少年は一瞬、たじろぐような素振りをしたが、それでも嬉しそうに微笑んで一気に食べた。それを見ながらウォルミは、

「ねえ、お姉ちゃんね、いつか、質屋であんたを見てから、とっても気になってね。これからも時々

会って、話を聞かせてくれない」

少年は、質屋という言葉が出て、頬を染めたが、首を縦に振った。

「名前はキム・サンって？」

「うん」

「お父さんは何をしてるの」

「下男だよ」

少年は、怒ったような眼をした。

「そう」

「僕、もう行かないと」

「そうだね、また会おうね」

とウォルミが言うと、少年は走っていった。


そんなことがあって、半年ほど経った頃だった。ウォルミは、初夏というのに寒気を覚えて、ありとあらゆる布や毛布をかけて寝ていた。寝ていても悪寒が去らず、こめかみに冷や汗が流れてきた。漢方の熱さましを飲んでみるのだが、一向に下がらない。さらに、熱が上がると、訳のわからないうわごとを言うようになった。手伝いの婆さんは、怖じ気をなして、乞食の親分に知らせた。親分は、ウォルミを一目見て、首を横に振った。

ウォルミは、視界がぼやけてくるのを感じて、もうだめなのだろうか、と命の時間を計りだした。体には、バラ色の発疹が全身に広がっていた。痒いので掻きむしっているうちに全身に広がっていったのだった。発疹が出始めた後、一層高い熱が続いた。それまで、風邪をひいても牛汁を食べ眠ると、若いウォルミはすっきりと治っていた。だが今回は、一向に良くならなかった。

ウォルミは夢を見た。

あれほど厭でたまらなかった済州島の兎山村に立っていた。まだ冬だというのに、暖かい春を告げるかのように、陽がまぶしいほどの輝きをもって波の上に落ちている。小鳥が飛びかっていた。鬱蒼とした藪の中から口笛が聴こえてきた。ウォルミの体が浮いた。妹のウォルゲと山に柴刈りにでかけていた時だった。柴を放りだしたウォルミはウォルゲのことが気になったけれど、口笛の奏でる調べに体が痺れてしまって、心より体が敏感に反応した。ウォルミは口笛の方へ導かれていった。ああ、懐かしい。その時の感覚が今もこの頭、胸、腕、腹に蘇る。ふらふらと夢遊病者のように頭を振り、足は前かがみに縺れ、胸は高鳴っていた。ああ、そうだった。腹は絞られるように痛んでいたっけ。藁靴が片方脱げて、足の指を切った。鮮血が指の間を這っていき、泥にまみれた。ウォルミは熱にうなされ、眉間を寄せて苦しそうにしながらも笑った。

藪の奥に沼があった。沼の傍に彼はいた。口笛で、まるで見えない糸で巻かれるようにウォルミは彼の側まで行った。彼は、ウォルミの手を取ると、一層、藪の茂った暗い淵へウォルミを連れていった。なぜか、ウォルミには彼の顔かたちが判然としない。彼は荒荒しくウォルミの着物をはがした。そして、自分も衣服を脱いでウォルミの体に重ねた。しかし、それからどうしたらいいのか、彼は分からない。ウォルミも分からなかった。焦って汗を出す彼の体温がウォルミに伝わった。ああ、温かい。父の顔を知らないウォルミは、これが男の体温なのか、と皮膚を通して父の面影を追っていた。ウォルミも汗だくになって、それらが油のようになり、上に下にとウォルミと彼はもつれ動いた。ウォルミの太ももに大きなものが重なって、破裂した。ウォーッと叫ぶ彼はそのあと、うなだれて、ウォルミを叩いて泣いた。あわててウォルミは、彼の頭を抱えた。しばらく、そうしていたが、彼がいきなり、ウォルミの両足を思いっきり開かせた。そうして入ってきた彼は熱をもったものでウォルミの体の中心を貫いた。眼から火花が散ったような感覚で眼を見開いていたウォルミは、頭蓋の中をひとつの光の矢が放たれた、と感じた瞬間、眼を一層大きく見開いていた。太ももを流れるものもそのままに、ウォルミは放心していた。彼は、満足げに笑って去った。

ウォルミはこの時、幻惑にまどわされた後のぶざまな自分の姿に虚しさを感じていた。ぼんやりしていた。男の性というものと、組み敷かれた自分の性との違いに呆然とし、わずかながらも持っていた父という夢の果て。こんな生ぐさい妄想の末に自分が生まれたのかと思った。ウォルミはその日から男を信じなくなったというのに、矛盾しているが、いつまでも彼の肌の感触が忘れられずにいた。

それから狂ったように男を代えるのだが、あの時のあの温もりは二度と感じられなかった。

そこから、また、記憶は飛んで、ウォルミは子を産んでいる。誰が父なのかもわからない。こんな子が産まれて、どうすればいいというのだろう、と別の自分がいた。自分だけでも持て余しているのに、どうして子を育てられよう。捨てた子が、あの少年になって現れた。ああ、少年の頬や赤ぎれた手、汚れた足、それらにふれてみたいのに、届かない。しかし、しかし、あたしの産んだ子は、女だった。ふん！　なんで女なのさ。女なんて、女なんて。少年のようだったら、あたしは、あたしは。いいや、あんたは、自分だけがかわいいのさ。また、別のあたしが出てきて言った。そうかもしれない。そうだ、きっとそうだ。ウォルミは力なく笑った。

妾に入った老人は、しつこくウォルミを求めた。だめよだめ。あたしは、あの、初恋の彼にしか感じないの、と言ってみたところで、その彼がどこの誰かもわからない。あーあ、苦しい。どうして、こんなに汗が出るの。そうだ。ソンマンがあの時、あたしを京城まで送りだすのに、なにか、悪いことをして金をもってきたせいだわ。あたしは、あたしは、なんてことを。きっと、罰があたったんだわ。そうだ。きっとそうだ。

ウォルミは、市をさまよっていた。眼の前が暗くなっていった。段々と暗くなって、漆黒の闇になった。眼を開けているのに、眼の前のものさえ、輪郭を摑めない。

目覚めてみると、ざんばら髪に眼ヤニのこびりついた眼を細めに開けて、涎が今にも落ちてきそうな男たちが、首を縮めてウォルミを見ていた。歯のない口をあけ、何かを言っているのだが、意識がバラバラにちぎれているウォルミには、パクパクと開け閉めしている口がぼんやりと形を成しているだけだった。男たちは、赤い舌を出して笑っている。ウォルミにはその口腔の空洞に吸いこまれるような感覚になった。そこはどこまでも深く、足が地につかない。頭から入ったウォルミは、錐もみ状態になって真っ逆さまに底しれぬ闇に落ちていった。

ウォルミは、高熱が下がらず、うわごとを言うままの状態が続き、捨て置かれた。その様子を見ていた老婆が、思い出したように、たまに、水一杯と粥ひと匙をウォルミの口にあてがった。暗い深淵からウォルミは這いあがってきた。

ウォルミはしかし、以前とどこか違っていた。顔半分は歪み、始終、涎をたらすようになった。なにを聞いてもなにを言っても反応がなかった。口をだらしなくあけて笑っていた。以前のように客を選ぶこともせず、へらへらと笑って相手をしていたが、あるとき、眉をあげてキッと眼を座らせると、客の睾丸を噛みちぎってしまった。

春まじかな夕暮れ、京城郊外の漢江の河口で浮いているウォルミが見つかった。ウォルミは頬に赤い斑点を残し、まだ生きているかのようだった。

（十七）占い

初め、京城まで行こうと、ウォリとスナニを連れて済州島を出たものの、ミンスッは、考え直した。釜山から海沿いの統営漁港に着いて木賃宿にいた時のことだった。

港町では半月ぶりに、大漁になった船が戻り、村をあげての祝宴がくり広げられていた。市はいつも以上に賑っていた。北や南へ渡る船の渡し場では、統営名産の荷を積む商人たちが列を作っていた。渡し場近くには露天が軒を並べて、餅を蒸す蒸気があがり、どぶろくやキムチの饐《す》えた匂いがしていた。担ぎ屋は荷を降ろして座り、キセルに煙草の葉を詰めていた。肩からの紐で吊った箱に飴を積んだ男は、

「さあ、さあ、これを買って行かなきゃ、ずっと後まで後悔するってものさ。糯米の飴に白糖の飴、ナツメ飴にコショウ飴、味と効能を語りゃ、朝までかかるってものさ。さあささあ、今日はめでたい大漁日だってんだ。こんな日は儲けちゃバチがあたるってもんさ。さあさ、安いよ、買った、買った」

と声をはりあげれば、同じいでたちの餅売りも負けじと、

「となり村の若後家が、こねあげた白雪餅だよ。うっとりするほどのやわ肌だ。これを食べなきゃ損というもんだ。なにぃ、そればっかりじゃねえ。歯の丈夫なご仁よぉ、これを試してみなって、引いても切れない丸太餅だ。アイッ、そこの姐さん、黍餅に松肌餅もあるって、味見してくんろ」

男は餅の端をちぎってから道ゆく女に渡そうとしたが、女は黄色い声をはりあげ逃げていった。博打の札は、辻ごとに打たれ、お使いの子は走りまわっていた。神木の上に止まっていた鷹が翼をひろげ、港町や船の上を何回も旋回してから沖へと翔び去っていった。

部屋では、そんな喧騒も届かないのか、ウォリが、相も変わらず、ぶつぶつと唱えていた。占いの木版本を持っている。字を読めないウォリだったが、すべて絵で表してあった。以前に、ミンスッとお祓いに参加した時に男覡がウォリにくれたものだった。男覡は、ひとつ、ひとつの絵を嚙んで含めるようにウォリに語って聞かせた。勘のいいウォリは、その説明以上に想像をふくらませ、その中で遊んで夢中になっていた。それから、ウォリは、いつも歌うように諳《そら》んじ、会う人々の顔や姿形、そして表情を凝視しては、

「あの男の人には死相が出ている」

とか、

「あの人は悩みを抱えている」

と、ミンスッにささやくのだった。

「アイゴッ、めったなことを口にしてはいけないよ」

そう言ったが、ミンスッは、この娘はこれで食べていけるかもしれない、と心中ひそかに思っていた。

夕闇の迫る頃、身なりの立派な婦人が、見るからに心労を重ねた顔をして市を歩いていた。供に幼い下女を連れて餅屋の前で立っている。餅を買おうか買うまいか、と思案しているのではなく、心ここにあらず、というのが、あらゆる人を見てきたミンスッには、見分けられた。

「もし、奥様、お悩みがあるなら、いい卦をだしてくれる天才巫女が、この先の宿にちょうど通りかかっていますよ。なにか、ご心配ごとでもおありなら、占ってみては。なにぃ、費用はそんなにかかりませんがね。これから、都へあがる途中、もっと立派な宿に、と申したのですが、悩みをかかえている人を助けるためには、ここでいいと、おっしゃってね」

婦人は、いつもなら無視して通りすぎるところだったが、光州の学校で勉強している息子が、反日運動にかかわって捕えられたという知らせがあったばかりだった。この年一九二九年十一月、全羅南道の光州で大規模の反日デモが起こった。学生が中心になって、投石をくりかえし、軍隊が出て鎮圧されたと伝わってからの風評はどれも酷いものばかりだった。政治犯は、拷問され、不具にされるらしい。なんとか、人をやって救いださねば、と考えながら歩いていたところだった。すでに、実の兄を頼み金を持たせて光州にやっていた。夫は年老いてから色事に狂っていた。妓生の家に入り浸っている。婦人は人込みをかき分け、市を抜けて夫がいる家に行こうとしていたところだった。

婦人は何を思ったか、ミンスッに付いてきた。

木賃宿で瞑想していたウォリの前に婦人が立った。香木サンカジの煙が漂っている。

「この奥様が途方にくれてらっしゃるのだよ。いい卦をだしてさしあげたら」

ミンスッがそう言うと、婦人が座った。ウォリは、じっと婦人の顔を見ていたが、眼をつむってしばらくしてから、おもむろに、

「一本の箒を片手に持って、三叉路の岐れ道で立っている姿が見えます」

そう言ってから、

「誰のことですか」

と婦人に聞いた。

「アイゴッ、大事な跡取り息子です。アイゴッ」

「何年の何月、何日、何時に生まれましたか」

ウォリが聞くのと、婦人が下女にもたせた巾着からお金を出すのとが同時だった。

「蝿が家の中に飛びまわらないで、牛の尻尾にくっついています。今にも牛の尻尾ではたかれ蝿は死にます。よくないことが起きます」

「アイゴッ、神様、神様、助けてください」

泣き声になった婦人は、

「お金ならあります。助けてください」

婦人は、真っ青になっていた。

「開いていた門が閉じました。門の外で、若い男が気弱な顔をして立っています」

そこまでウォリが言うと、婦人は絶叫した。

「うちの息子です！　アイゴー、助けてください」

「屋根に矢が刺さっています。不吉な絵です。家の中に入りたくても入れません」

「そ、そんな。わたしが身代わりになります。どうか、どうか、助けてください」

「冥土の使いが待っています」

婦人は、アイゴーと叫んでから眼をむいた。

「前世を悔いあらためます。どうか、どうか」

「殴り殺された亡者、飢え死にした亡者、水に溺れた亡者が、水をください、と他の雑鬼と一緒に家の周りをうろついている絵が出ています」

その時婦人は、見境もなくすぐにカッとなる性格だった舅が、昔、下男に盗みの疑いをかけて撲殺したことを思いだした。また、幼い子を連れたその下男の家族が飢えて死んだことや、息子と遊んでいた小作人の子が池で溺れて死んだことなどを思いだしていた。それらの厄払いはしていなかったのだ。思わず、婦人は
「厄除けは？」

と、涙の眼をあげて開いた。ミンスッがお祓いの方法を説明した。日取りと時間、そして、供え物

などの指図をした。婦人は、この一時を過ごすことによって、なにか希望の芽がめばえたとでもいうように、少なくとも心労の一部を誰かに担ってもらったとでもいうのか、晴れやかな表情になって帰っていった。

婦人が帰っていった後、部屋の隅でじっと一部始終を見ていたスナニは、顎をひき、唇を横にひろげてから、ウォリのまねをして独りごちていた。

（十八） 市

ウォルゲは、路端に座ってカラス貝をむいていた。桶にはアワビが入っている。アワビひとつを売れば一日の賄いはあがるのだが、ウォルゲはそれだけでは満足しなかった。カラス貝の身を盛って置くと、工場帰りの女が買っていった。

毎朝ウォルゲは、始発電車で伊勢に行き、アワビや海藻、貝を仕入れしたり、済州島まで足を延ばし往き来することもあった。テイニが普通学校にあがる年齢になっていた。ウォルゲは、ようやく日本で生きていくめどがたちそうだった。もう少しがんばってテイニを迎えに行かなければ、と思っていた。

長島は自然と遠くなって疎遠になっていた。毎朝、背負い込んだ荷をもって猪飼野橋の上にやってくると八時になる。その時間から売りきれるまで、ウォルゲはそこに座っていた。時には、早く捌《さば》けて四時を待って帰ることもできていた。

その日は、秋夕《チュソッ》（旧盆）の前日だった。遠く、神戸や京都、奈良、三重方面からも祭祀につかう材料の仕入れに来ている人たちで路は溢れかえっていた。市といっても店を構えているのはまだ、七、八軒ほどで、ウォルゲのように済州島や伊勢、鳥羽などと往き来して路端で売る人とそれを求める人とで溢れていた。いつもは静かな辻や通りに、眼も覚めるような赤い唐辛子にまみれたキムチが金だらいに置かれると、発酵も待たずに売れていった。陸地の慶尚道地方からも多く関西に流れてきていた。

「なんぼな？」《オルマニャ》

男の声で聞きなれぬ慶尚道方言だった。桶の中のアワビの値段を聞かれたウォルゲは、最初、うまく聞き取れなかった。

「ん？　いくらか、って？」

「ああ、そうだよ、いくらだ」

男は笑っている。角刈りにしてちょびひげをはやした男は、土方ズボンを穿いているが、意外に若い。無理をして肩肘はっているが、首や頬の線が幼い。ウォルゲは、男が首の辺りから放つ汗の匂いにむせて、咳きこんで息をとめた。自分と同じ年頃の男が買い物に来て値を聞いているだけなのに、ウォルゲは理由もなく頬を染めてしまい、それを隠すために、わざと怒ったような顔をした。

「高いよ。済州島のきれいな海のもんだ」

「だから、いくらか、って聞いてるんじゃねえか」

拗ねたように男はムキになった。真っ黒に日焼けした顔から白い歯が見えた。

「一円だ」

「ちぇっ、初めからそう言えよ、な」

「買うのか、買わないのか、水がぬるんじまうよ！」

「おいッ、それが客に言う言葉か」

「買わないんだったら、じゃまだよ。どいた、どいた」

ウォルゲは、いつの間にか、海女の姉さんたちと同じ口調になっていた。これではいけない、と思うのだが、若い男を見ると、体がこわばって警戒してしまうのだった。

一円が放られて、ウォルゲのあぐらをかいて座っている真ん中に落ちた。

「これで文句はねえだろ。早く包みな。チェッ、今日は紋日だ。許してやらぁ」

「あたしゃ、乞食じゃないよ。こんな大きなアワビをとってくるのは、姉さんたちが命がけなんだ。感謝して食べてもらわなきゃ、割があわないんだよ。とっとと、金をしまって余所《よそ》ででも買いなよ、ほらッ」

ウォルゲが一円を男の方へ放ると、男は、ウォルゲの腕を掴んだ。

「おい、調子に乗りやがって」

その時だった。となりで干し明太やワカメなどを売っていた婆さんが、ふたりの間に割って入った。

「アイゴ、明日はご先祖様を迎える秋夕だというのに、生きてる人間同士いがみあってどうするね。兄さん、すまないねぇ。この娘は気はいいんだが、気性が荒くってしようがないよ、まったく」

婆さんが頭を下げたので、男は手を離した。ウォルゲは唇を噛んで横をむいていた。

「婆さまが謝ることはないよ。出直すよ」

男は至極あっさり、その場を離れた。ウォルゲは、一円がそのままになったので、立って男を追いかけた。

「ちょっと」

ふりむいた男は、真一文字に結んだ唇をほぐそうともせず、ウォルゲを睨んだ。ウォルゲは、そういう顔をされると、なぜか落ちつくのだった。

「これ」

と言って一円を出した。

「ケチのついた金だ。いらねえよ」

「そういう訳には。あたしは恵んでなんかいらない」

その時だった。男は、ニヤッと笑った。

「あんた、その言葉は、聞きなれないが、郷はどこな」

「なんの関係がある」

「まあ、そうケンケンするなって、商売してんだろ？　女は愛嬌だぜ」

「愛嬌だって。ふん、そんなものいらないよ。あたしゃ、ほっぺたの落ちるようないいものを売ってるんだ。媚びる必要なんてないさ」

「そうかい。じゃあ、そうやっていつまでも、ケンケンしてな」

あまのじゃくな性格のウォルゲは、そう言われてうろたえ突っ立っていた。男は市の人込みの中にまぎれて行ってしまった。ウォルゲは、その時まで、面とむかって自分の性格を判じる人間に会わなかったせいで、頭の芯がしびれるのが分かった。ケンケンしてるって？　真っ正直に生きているのに、なにがまちがっている？

（十九）漢江

川にへばりつくように、棒や藁屑などで覆われた小屋が連なっていた。そぼぞと雨が降っている。藁が湿り、どんよりと霧が漂っていた。薄暗い夕暮れの空には、それでも、所々煙があがっている。

「アイゴ！　ひ、ひとが浮いてるぞ……！」

「やっと氷が解けたっちゅうに、どざえもんかよぉ……。この春もこれじゃぁ、先が思いやられるねぇ……」

人々の叫び声で、小屋から、爺さんや婆さんが、のっそりと首を出した。雨に濡れるのが厭さに、首をひっこめた彼らはぼそぼそと、カムゼオンボサル（観世音菩薩）、カムゼオンボサル、と呟いた。

小屋と小屋の間には、汚物を受ける穴がある。春が近いといってもまだ寒い中を半裸の子どもたちが雨の中を走りはしゃいでいる。かすみ眼でところどころ毛の抜けた犬が、汚物をひっくり返して転げまわっていた。

人ごみの中から、男が長い木でウォルミを岸にまで寄せて引きあげた。ウォルミは、水をあまり飲まなかったせいか、どざえもんにしては、膨れていず、頬が赤い。

川の東側で茣蓙《ござ》を敷き、黒い蝙蝠傘で雨をしのいでいた易者が居た。易者は、唇まで紫色にして、ぶるぶると震えている。こんな日は鬼門じゃ……と独り言を呟きながら、茣蓙を巻きだした。易者は、巻いた茣蓙を腕に挟み、蝙蝠傘をさしてとぼとぼと歩いてきた。ウォルミが引きあげられているのに出くわした易者は一言、エッヘンッ、と咳払いした。元々、易者は、誰かれなく、人を見ると、エッヘンッと咳をするのが癖になっていた。それを聞いた男のひとりが、

「易者の先生様よぉ、この女人を占ってみておくれぇな」

と声をはりあげた。易者は先生と呼ばれたのが内心嬉しくもあったが、威厳をみせようと、もういちど、エッヘンッと咳をしてからうなずいた。易者は、低く妙な語り癖があるのが特徴で、顎ひげを腹のあたりまでのばしている。その立派なひげが、水洟まで加わり、あわれにも一本の紐のようになって、みすぼらしくもあった。念仏を唱えると呪文のようにも聞こえ、旅人などは、彼からご託宣を受けると、気味が悪いらしく、そそくさと逃げていくのだった。それでも、悠然とした態度を崩さず、下民にはわしの値うちなど分からんで当然だぁ、とでもいうように、顎をあげて泰然と構えるのだった。易者にはそして、医心があった。眼にはヤニがたまっていたが、まだ力があった。おもむろに、ウォルミの手首をもった易者は、脈を計った。口をへの字にして、しばらく瞑想するようにしていた

彼は、

「アイッ、まだかすかに脈があるぞな……。この女人は、死ぬに死ねんのじゃよ……」

とご託宣でも告げるかのように言った。すると、人ごみの中から声がした。

「誰か……誰か……、体をさすってやれ……」

「ほうだ、ほうだ……」

岸辺に集まった人々は、始めウォルミの体をさすっていたが、なんの反応も示さないのをみて、次第に群れはバラバラになっていった。残ったのは、チゲクンと呼ばれる担ぎ屋の男ふたりになった。

「お、おい、ど、ど、どうする？」

「し、仕方なかんべぇ」

「こいつ、よっぽど、この世に未練があるらしいのぉ、まだ息をしとぉる」

「ほぉ……、こないなべっぴんが、なんで生きにくかろうのう」

「のう、わしの婆さんが言うとったけんど、死にかけた人間に、最後の手段としては、便水《ペンムル》を飲ますっちゅう話を聞いたことがあるぞぅ」

「便水って……、あの、糞を漉した水のことかい？」

「ほぉよ。村でコレラが流行った時によぉ、バタバタと人が死んでいったんだとさ。その時、便水を飲んだ人が助かったちゅう話だで」

「ほぉさなぁ……、まあ、どっちみち死ぬ運命かもしれんのう。やるだけやったら、わしらにも後悔はなかろうて」

ふたりは、ウォルミを抱えて、泥壁と見まがう藁葺きのあばら家に連れていった。そうして、ふっと思いだしたように、ひと匙くらいの便水をウォルミの口に流した。半分も口の中に入らなかったが、それから二日ののち、ウォルミが眼をあけ、なにか、言おうとしているのが見てとれた。男ふたりが、泥だらけのポソン（靴下）を脱いで、一日のあがりを計算している時だった。

「兄貴……、き、きがついたみてえだ。ヘッヘッヘ」

若い方の男がそう言った。ウォルミは瞼をあげたが、力のない黒眼をやっと乗せているようだった。

「おい、おまえさん、トラに食べられんでよかったのう。そんでもよぉ、いっぺんは死んだだろ？　俺たちが助けたんだからな、な、化けるなよな」

兄貴と呼ばれた男がそう言った時、ウォルミは、首をまわして部屋を見た。

「ホ、ホ、ホォ、兄貴ぃ、生きかえったぜい、へ、へ、へ」

男は、粥のあるのを思いだし、匙でウォルミの口に持っていった。するとウォルミは半分はこぼしながらも喉を動かした。蠟のように真っ白な、この世の人とは思えない顔で、あえぎ、あえぎ、なにかを言おうとしている。笑いたいのか、その顔は、哀れっぽく歪んでいた。そうしてまた、昏睡状態に入っていった。次の日、ウォルミの口が少し動いている。なにを言おうとしているのか分からないほど、言葉は音にならず、ウォルミの口元に耳をもっていかないと聞こえない。

「おいッ、最期の言葉なんか言うなよな。おまえは生き返ったんじゃろ……。兄貴ぃ、おらあ、気味が悪いよぉ」

冷たくなっていく手を振ってウォルミは、くぐもった声でひとことふりしぼるように、眼を剝いた。

「兄貴よぉ、なんか言おうとしてるぜぇ」

「聞いてやろうじゃねえか……」

その時だった。

「こ、こんな、は、はずじゃあ……」

と、そこまで言ったウォルミはふたたび眼を閉じた。反芻しながら永遠の眠りに入っていくかのように微笑んでいた。

ウォルミは、声にならない夢の中で、自分が鞭うたれているのを見ていた。不思議なことに痛みはなく喜んでさえいる。そう、折檻さえも懐かしく、もうひとりのウォルミが居た。

済州島のハルラ山の頂にはまだ雪が残っているのが遠くからも望めた。里山の斜面は、椿が終わって薄紫やピンク、緋色のつつじに染まっていた。空は真っ青に澄み渡って、赤い牛が膝まで埋もれながら草を食んでいる。何色ものバラは自由自在に育ち、這いかたも多様で、あんなに高い木まで！と感嘆するほどのからまりようだった。フフフ、ウォルミはなぜか笑って、バラを摘もうとしたら、バラは消えてしまった。足首にバラの棘が刺さり血がにじんでいる。ああ、こんな時はよく、ウォルゲが黙って葉を揉んで当ててくれた。いつもウォルゲは、横眼であたしのことを睨みながらも、助けてくれた。ウォルミは、妹のウォルゲにはかなわないと思うのだけれど、素直にそれを表したことがなかったなぁ、とふりかえっていた。ウォルミは、ウォルゲのことが不思議でならなかった。どこで覚えてくるのか、薬草の知識にとどまらず、海をも達者に泳ぎ、いつも魚やワカメ、貝やさざえなどを持って帰ってきた。もくもくと動く。ものぐさなウォルミと違って、ウォルゲは考える前に行動している。そんな妹をウォルミは自分の下女のように扱った。訳もなく、自分は人にかしずかれて当然と思っていた。自分には奇跡が起きる、と信じていた。人より美しく、聡明に生まれた自分には、貧乏は似合わない。垢まみれの母や妹などと家族だなんて、なにかの間違いだ、あたしは、幸せになっていくのだ、と思っていた。ああ、あのあばらやは！　あんなに憎んだ筈の母、ミンスッが家の外で魚を焼いている。ウォリは、赤ちゃんを腰に巻き、セリを摘んでいる。あ、その赤ちゃんは、もしかして、あ、あたしが産んだ子か？　ウォリは笑って、あたしに手招きしている。さあ、この川のへりにもっといっぱい、セリがあるのよ、お姉ちゃんも一緒に摘んでよ。さあ、ほぉら、あの人がお母ちゃんだよ、とでも言っているのか……、あたしが手を伸ばして、赤ちゃんに触れようとしたら、川に流された。

フー。

今、命の終わりを自覚してみると、それらすべての不幸だと思っていたことを生みだしたのは、自分自身だと、ウォルミは気がついた。罪があるのは他人ではなく、傲慢な自分だったと悟るのだった。それにしても、一番の罪は、産んですぐに捨てたスナニのことだろうと思った。どうしたらこの罪が償えるのか……。いやいや、ハヌニム（神さま）は、こんなあたしには子は育てられん、と思われたんだ。そうだ！　やっとウォルミは、心の平安を覚えたかのように、奇跡を信じることから離れていった。

ウォルミは、遠ざかる記憶の底でさまよっていたが、脈が静かにとぎれ、首がガクンと折れた。

（二十）テイニ

二十六歳になったウォルゲは、しきりに夢を見るようになった。テイニを産んだ時からのことが繰り返し現れるのだった。

テイニを産んだのは、風のない夜だった。シリウスが冷やかに光り、海も凍えていた。陣痛が微弱だったせいか、難産だったと、取り上げてくれた婆さんは言った。その時、婆さんが言った言葉が夢に出て響くのだった。

「アイゴッ、エギ（胎児）の首に臍の緒が三重に巻いて、蛇のようだ……」

蛇……。青い眼の蛇……。まさか、人間が蛇、いや、蛇が人間になって出てくる訳はないじゃないの。あっはっはっ、おまえの生まれは兎山村じゃあないか！　あっはっはっ……。

多くの顔が大きな口をあけて笑っている。現れては消えていった。

アイゴォ、人間の運命なんぞ、逆らえるもんかね、ハヌニムのみぞ知るだ。おまえは蛇の児を産んだのさ、ヒッヒッヒ、ヒ。

掟に従って森へ行くんだ。さあ、あの森の木の上に置いて、ハヌニムに捧げるのだよ。そうしないと、おまえやおまえの家族に祟りが……。さあさあ、どうしたね？　アイゴッ！　おまえは、掟に逆らえるとでもいうのかね。えい！

こうして、打ってやる！　兎山村の鬼神め、消え失せろ！

そ、そんなこと、誰が決めた！　誰が決めたんだよぉ。

ウォルゲは、今生まれたばかりの胎児がさらわれて、木のてっぺんに置かれ、鴉や鷲に食べられてしまう恐怖におののき、いつまでも泣いていた。

不吉なことと思ったのか、婆さんはそれからは重ねては言わず、ウォルゲが聞いても、それとなく話をそらすのだった。

島でのお産の折には、産婦の枕元に魔除けの斧を置く。

「アイゴッ、この娘は母親がいないせいで、そんなことも分からない……。エギが傷ついた魂をもって天空をうろうろするよぉ。三日目には亭主が村の三叉路に行って、この藁を燃やしてしまわねばならないっていうに、アイゴッ、誰がそれをするんだよ。亭主の代わりがあるかね」

婆さんはそう言って嘆いていた。

お産の時、急に痛みが消えて、ウォルゲが呆然としていると、やや時間が経って、弱々しく泣くホンギャアーという声を聞いた。テイニの首に螺旋を描いて巻きついたものが蛇の化身に化けていく連想に、首をふり、こめかみの汗をぬぐっていた。

眼が覚めてからは、母が巫女のせいで、こんな夢が現れるのだ、と、持って行き場のない不安を母への怒りに収めるのだった。

霊感を持たないウォルゲは、幼い頃から、母やウォリが何の疑問も抱かずにいた神との交信や神への服従が不思議でならなかった。眼の前に飢えた家族がいた。

ウォルゲは、ものごころついた頃から、海に入ってさざえやワカメ、ボラなどを獲ってきた。眼の前の獲物、それだけが信じられた。飢えた腹を満たしてくれるものが他にあるとは思えなかった。

「苦しんで死んだ先祖や、地獄に堕ちた人がいる。その霊をなぐさめなければならない。そうすると、神が、恵みをあたえてくれる」そうミンスッは言い、

「同時に、つらく苦しいことを、つらく苦しいこととして受け入れろ」

という。ウォルゲには理解できなかった。眼の前に存在すること、見えることのみがウォルゲにと

っては真実なのだった。

母のミンスッが、狂ったように跳びはね、天の声として声音も変わって叫ぶ時、ただ、恐怖のみがウォルゲを襲い、ごめんなさい、ごめんなさいと涙を流していた五歳の頃。

ウォルゲはその五歳の時のように、過去と現在が入り乱れた夢の中でいつまでも泣いていた。

長い夜がまだ明けやらぬ朝、濃い霧が覆って、空と海の境界がはっきりとしなかった。大阪築港に着いたテイニは、竹で編んだ籠を背に、おぼつかない足どりで、はしけから桟橋に上がりよろよろと歩いた。テイニは、長い船旅のせいで顔色が青くなり、陸にあがるとすぐに胃液まで吐きだした。ウェッ、ゲエ、ゲエといいながら、腹を押さえてしゃがんだ。迎えに来たウォルゲが、テイニの口の周りのよだれと汚物を右手で拭きとった。テイニは、三角になった涙眼でウォルゲを見た。

チョネ婆さんと同じ村の、海に入ることのできなくなったヨンドギ婆さんが、大阪と済州島とを行き来していた。婆さんといっても、まだ四十を過ぎたばかりの年齢だが、海での厳しい生活が筋肉質の体形を作って、顔といい、手や脚にも深い皺が刻まれている。皆は婆さんと呼んでいた。海産物の行商をしているヨンドギ婆さんに、テイニを託し連れて来てもらったのだった。小学校にあがる数え年八歳になるのを前に、テイニを日本で学校に通わせることにした。

「アイゴッ、おまえの息子は子どもらしくないよぉ、いや、賢いんかもしれんの。さびしがることもせんと、じっと窓から海を見てのう」

ヨンドギ婆さんは、白い朝鮮服を着ていた。裳の腰を紐で縛り、白いてぬぐいで頭を覆っている。よいしょっ、と声を出して荷物を置きその上に座った。そして、ひと休みとばかりに、キセルのたばこに火を点けてポワーッとした煙を吐きだした。最近覚えたというたばこの味に、ヨンドギ婆さんの顔が弛み、眼は冴えてくるようだった。

「アイゴ、サムチュン（おばさん）、ありがとうございます」

「いやいや、なんの。ところで」

と言った婆さんは、眼をギョロッとむいて、

「おまえはなんでチョゴリを着ないのや？」

ヨンドキ婆さんにとって、大阪と済州島を往来しているといっても二年ぶりの大阪だった。

「ええ、この頃は、チョゴリを着て歩くと、墨を掛けられたり、いやがらせも多くって」

「アイゴッ、マンヘッソォ（滅びたんだぁ）、オッ、オッ。マンヘッソォ」

「それに、ここで、物を売ろうと思えば、こういう服を着ないと、売れませんよ」

「アイッ、それで、男みたいにズボン姿かね。あっはっは」

ヨンドギ婆さんは、白く濁った眼を細めて笑った。ニコチンの効果は絶大だった。ポンッと勢いよくたばこの灰を落とし、荷の隅にキセルを押しこむと、よいしょ、と声を出し立ちあがった。荷を背

に担ぐのを手伝おうと、ウォルゲが荷を持つと、腰がよろよろとよろけた。

「アイゴッ、若いのにもう、ひ弱になってぇ……。ちょっと、ここで待ちなよ。荷はまだあるから、その内に出てくるからのぉ」

と言いながら、ヨンドギ婆さんは、沖仲仕が船から荷を運んでいる方へ歩いていった。針金のような骨組みの肩を右に左に揺らしながら、外股で歩くヨンドギ婆さんは、つと屈強そうな大男の前で止まり、巾着から金らしきものを出して渡していた。そうして、布で覆っているひとつの荷を、ひょいと摘むようにして持って来た。布の端をめくってみると籠だった。中には、つがいの鶏が入っていた。驚いた鶏がパタパタと羽を動かすと、羽毛が飛んできた。

「えー！　サムチュン、こんなものを持って来たんですか？」

「ほぉよ。ここを使うんだ」

ヨンドギ婆さんは、人さし指で自分の頭をつついた。

「どんな所でも人間は生きて行くんだろ？　まず、牝鶏が卵を生み、それをわしらが食べる。それだけじゃねえさな。ひよこになったのを育てりゃ……の？　始めは二羽でもよ、いつのまにか増えるんじゃや。そのうち、取り合いになるじゃろうよ」

ヨンドキ婆さんはそう言って笑い、テイニの頭を揺すってから言った。

「アイゴッ、エギやぁ（子ぉよ）、勉強して立派な人になるんだぞ」

いきなり頭を揺すられたテイニは、眼をパチクリさせ、瞬いた。ヨンドギ婆さんは、テイニをおもしろそうに見ながら、声をひそめ、

「ただ食べるだけじゃ、男どもは働きはしねえ。たばこじゃ、どぶろくじゃ、ん？　わしとどぶろくを造ったり、たばこを巻くかい？」

そう言ってヨンドギ婆さんがグローブのような手で、ひょいと荷を担ぎ背にしたのにつき従って、ウォルゲも籠を持った。それから、テイニの手を引いて歩いた。

テイニは、ウォルゲに手を引かれると、はにかむような笑いを見せた。その時、ウォルゲは、どうしてこの子は、おもいっきり泣いたり笑ったりしないのだろうか、と心の中を影絵が通るような思いになった。わがままだったテイニが、母親に会ったというのに、震えている。ウォルゲに抱かれてもぎこちなく、体に力を入れている。チョネ婆さんに育てられたので、チョネ婆さんと別れたことが子ども心に傷ついているのだろうか、とウォルゲは、心細いきもちの上に更に不安なおももちでテイニを見た。壊れ易いものを触るような感覚になって、ウォルゲは、もう一度、テイニを見た。

テイニが日本に渡ってきた頃、ウォルゲはよせや（屑屋）の二階に間借りをして住んでいた。ヨンドギ婆さんのように行商をしていたが、ある夜、ウォルゲは泥棒に入られて、有り金全てを奪われた。島での生活習慣が抜けていなかった。島では、どこの家も鍵をかけないで暮らしていた。

「アイゴッ、命だけでも助かったやゲェ」

周りの人間に慰められたが、ウォルゲは途方にくれていた。仕入はおろか、生活費にも困る。手脚をもぎとられたも同然だった。そんな折、ウォルゲはよせやを始めて軌道に乗った男に拾われた。男は、ソウルに近い広州出身で、猿のようにすばしこい眼をしていた。男はすでに、五十半ばを過ぎて、妻だか女中なのかよくわからない無口な日本人の女と住んでいた。天井の高い家には、ぼろや釘、ひしゃげた鍋釜、電線や、襖まで高く積まれている。屋根裏に近い二階にはしごが架かっていた。二階といっても、にわかに部屋を作った屋根裏だった。片方の天井は一メートルもなく、立つことができなかった。水道へは、表の井戸にまで行かなくてはならず、部屋には、煮炊きをする場所がなかった。ウォルゲは、七輪を買ってきて部屋の中で飯を炊いた。部屋には、ウォルゲの他に、耳の遠い夫婦が寄りそうようにして住んでいた。

朝になると、ウォルゲと耳の遠い夫婦とが、炭俵を担いで歩く。前屈みになって地面を見、釘や鉄クズ、トタンの半端などを探し、時には、家々の戸を叩き、ぼろなどがないか聞くことになっていた。ウォルゲはまだ日本語がきちんと喋れずにいたし、耳の遠い夫婦も会話ができないので、一日歩いても、たいした物を集めることができなかった。ところが、毎日歩いていると、ウォルゲを待っていたとばかりに、ぼろなどを出してくれる人があった。しかし、ウォルゲはいつまでもこの仕事をする気がなかった。

テイニは、毎朝、ウォルゲが出かけた後、ひとりでいるのも心細く、ウォルゲと一緒に屑拾いに出かけた。

テイニが炭俵を担ぐと、炭俵が地面につき、それを引きずって歩くので、ウォルゲと耳の遠い夫婦が笑った。

雨の日や、風の強い日、テイニは家の中にいた。しかし、子どものこと、何時間も家の中にいることに飽きたテイニは、近くに住む子どもと、身ぶり手ぶりを交えて遊ぶようになった。言葉はあってないようなものだった。そうして遊びはじめて何日か経った日だった。子どもの母親が来て、子を連れて行った。テイニが付いて行くと、手の甲を見せて、まるで乞食を追い払うかのようにした。その時、

「拾《ひろ》い乞食と遊んだらあかん！」

と母親が叫んだ。その言葉がもつ正確な意味はわからなかったが、テイニはヒライコジキという意味を悟った。テイニはそれからは、ウォルゲと一緒に屑拾いに出るのを止めた。

テイニはひとりで路面電車の走る表通りに出て、路面に蠟石で絵を描いていくようになった。環境の急激な変化がそうさせたのか、テイニは泣くこともせず、無表情になっていった。殻に閉じこもり地元の小学校に入るまで、一日中でも、道に人の顔を描いているような子どもになった。はじめに三角を描き、眉や眼、鼻に口を入れていく。そうしてから、道ゆく人のそれぞれの人相に変えていった。すると、道ゆく人が足を止めて、顎をさすりながら、テイニの描く顔を見た。ホーッという息を吐く

声がして、いつの間にか、人だかりができていった。顔はいつの間にか、生命をもった人形のように生き生きと描かれ、道いっぱいに躍動する。フーッと息を吹きかけると、今にも話しだしそうだった。人の顔は、写真館にある写真や、映画館のポスターなどをも参考にしていた。その内、道を行く荷馬車の馬なども描くようになった。馬は灰色の鼻面をぬっと出している。くつわには、泡がたまり、くびきに縛られた脚はひと脚ごとに力強く蹴って、石炭の詰まった菰俵を三段に積んだ荷を懸命に引いている。馬の蹄鉄がコンクリート路面をひっ掻き、火花が散る。その時、馬の後脚の筋肉が動く。テイニはおもしろくなって、じっとその様子を見るようになった。躍動する物も描けるようになると、いつも通っている馬方が覗くようになった。

「どえらいもんや。段々とうもうなるやんけ」

テイニは、学校にあがるまでそうして過ごしていた。

（二十一）　徴用

高等小学校を出たテイニは、すでに、なまりのない日本語を話し、万世一系のすめらみことがおわします神州は、絶対に侵されることはないし、神風がふいて我々を守ってくれる、ということになんの疑問も持たない皇国少年になっていた。テイニは、本名を金太仁といったが、金山太仁と、姓が日本式、名はそのままの、いびつな名で学校を出た。

三年ほどは、新聞配達やガラス工場などで働いていたが、運転免許を取れば日給のいい仕事につけるので、日本通運吹田支店で働き始めた。家からは、自転車で一時間半もかかったが、助手時代に、会社から金を借りて、免許を取得していた。そうして五トントラックの運転手になった。就職に差別のあった時代だったが、若い日本人が次々と召集されていき、その穴埋めに朝鮮人のテイニたちも採用されたのだった。日本人作業員は、小荷物運搬にまわり、主に宅配だが、統制品を扱うせいか、チップにありつけるという噂がたっていた。それに比べると、テイニたちは力のいる仕事で割に合わないが、贅沢はいえなかった。それに、出来高制だったので、熱心に運べば実収入は良かった。作業内容は、吹田貨物駅に運ばれてくる石炭をスコップで積み替えて、正雀にある近畿特殊製鋼へ運搬することが多かった。石炭といっても一番大きい物をスコップですくうので、テイニは最初、腰がひけてしまい、まともに持ちあげることができなかった。

運転助手は朴一男と呼ばれている四十代の男だった。朴には、創氏改名でつけられた、木村一男という名があったが、朴で通していた。その頑固さゆえか、いつまでも助手のままで、余剰人員の整理にあうと、一番にクビになる立場にいた。朴は、大男の部類にはいる。左脚を引きずって歩く。テイニは、父親ほど離れた歳の朴には、自然と敬語を使うようになっていた。

助手だと荷を積んでからは、気を抜いていられたが、運転手になってみると、それからも緊張が続くので、慣れるまで、特に夏の暑い日には、蛇行運転になることもあった。しかし、十月になった頃から、テイニは仕事にも慣れてきて、疲れをあまり感じなくなっていた。ふたりは、貨物駅のプラットホームで昼食をとるのも一緒だった。

「朴さん、この頃の飯は、米より大根の方が多いんで、腹もちが悪いですね。米の配給も遅れているうし」

普段、口の重いテイニも、腹が減ってたまらず、グチが口をついて出た。

「闇米も手に入りにくうなっとるなあ。困ったもんや。それでも、アメリカ兵捕虜よりましや。ほれ見てみい、わしらを見とおる。腹が減ってたまらんのや」

アメリカ兵捕虜の小屋の扉が開いていて、テイニたちの場所からも中がよく見えた。吹田駅の北側にはビール会社のコンクリート塀が続いているが、その塀に沿って、トタン囲いの小屋がにわかに建ち、アメリカ兵捕虜の収容所となっていた。小屋の周りには有刺鉄線が引かれている。

テイニと朴は、食べ終わってから、弁当箱をふろしきに包み、運転席に放りこんだ。ふたりは、自分たちを力のない眼で見ている捕虜たちに興味を覚え、捕虜小屋に歩み寄った。この頃は銃を持った上等兵の代わりに、日本通運の社員が木刀を持って監視していたが、この日、監視員は留守だった。

アメリカ兵捕虜たちは、二十坪ほどの小屋に十五人が寝起きしていた。そこでもちょうど昼食の時間らしく、木製の平たい弁当箱に竹のスプーンで大根飯を食べていた。どの捕虜も痩せている。そのためか、高い鼻が飛びでたように見えた。

「でっかい体で、あんなちょびっとの大根飯やったら体がもたんじゃろなあ」

「ちょっと前までは、国際赤十字から、パンの配給があったらしいですよ」

「誰かがネコババしとんのやろ」

朴は、ギリギリのところまで捕虜小屋に近づき言った。

「アイ、コリア、ユー、アメリカン？　フレンドわかる？　フレンドわからんかなあ」

よほど退屈していたのか、捕虜の中から、日本語のできる兵士が、両手を広げる身振りで出てきた。他の兵士の態度から上官のようだった。彼はゼイゼイと喘ぎながら、

「アメリケン、ヒコーキ、タクサン、バオーンバオーン。バクダン、トドドックワーン、トドドックワーン、ジャパンハウス、ジェーンブ、バイバイネ、ヒ、イッパイネ、フェアタタカイネ、ジャパン、シマイネ」

と言って力なく笑った。

「ジャパン、終いって言いました？」

「うん、そう言いよったな」

「そんな、簡単に負けますか？　いざとなったら神風が吹くし」

数え年八歳で済州島から渡ってきたテイニも、この十数年を過ぎる間に、すっかり神風日本を信じ

ていた。

「あほか、おまえは。わしらは骨の髄まで朝鮮人やど。日本人になりとうても、なられへんちゅうのが分からんのか。なんで故郷を棄てて、来んならんかったんか分からんか」

「そう言うても」

「アイゴ……」

そうため息をついても、朴は、テイニをかわいがってくれた。故郷にテイニと同じ年頃の息子がいるせいかもしれなかった。

「さあ、昼からも、きばってやろうかい」

そう言った朴に促されて、テイニも石炭の山に戻って作業を始めた。

車に乗るとすぐには積み降ろしの疲れもあって息をするのも苦しいほどになるが、しばらくすると、落ち着いてくる。どちらからともなく、テイニと朴は自然と話しだす。

「東京がやられとるな。この分やったら大阪も危ないなあ。捕虜の話やないが、日本がやられるのん案外早いぞ」

「そんなぁ、朴さん、悲観的すぎますよ。神風が吹きますよ」

朴は内心、日本人に同化していくテイニを危なっかしく思っていた。

「おまえは頭の柔らかいときに軍国主義を叩きこまれたんやなあ、まあ、そのうち分かる。詳しい報道をせん新聞みても分かるやないか、うむ。玉砕いうて格好のええこと言うとるが、全滅いうこっちゃで。インパール作戦でビルマに行っとった陸軍の下士官が言うてたやないか、十六万人戦死したて。自分は脚の怪我で運よく帰ってきたんやて。あほぬかせ。あかん、思うて逃げてきよったに違いない！　神風なんか吹かんぞ」

テイニは黙りこんだ。こんな時、よく頭の中が破裂しそうになった。頭のどこかで、朴の言うことに共鳴するような激情がある反面、それを抑える呟きがお経のように鳴る。どうすればいいというのか。どう考えればいいというのか。学校では、なまりのない日本語を喋ることができ、絵の才能も認められたテイニは、表だったいじめには遭わなかった。なまりのない日本語を話すのは、自然と身についた処世術だったかもしれない。しかし、家に戻ると、一時期、炭俵を担いで、よせやの仕事につき、乞食まがいの生活をしていたウォルゲと自分がいた。自分が、こうして働きはじめて、やっと生活が安定し、ウォルゲの借金も返せていた。声高に自分の出自を主張したとしたら、この、朴のように助手に甘んじるか、それとも失業しなければならないのは、若いテイニにも分かっていた。どうすればいいというのか、ここで生きていかねばならない。もう二度と母親を、炭俵をかついで道を歩かせ、釘やぼろ、鉄クズなどを拾う仕事につかせたくないと思っていた。

学校にあがる前、なにもわからなかったテイニは、一度ならず、ウォルゲと同じように炭俵を担いで付いていったが、ある昼さがりのことが、まざまざと思いだされるのだった。ウォルゲがぼろを秤で計算している時、子犬がテイニの足にじゃれついた。思わず子犬をかかえると、しっぽをふった子犬がテイニの顔を舐めまわす。くすぐったいのと、なぜか嬉しいのとで、子犬と夢中になって遊んだ。そうした刹那、テイニはウォルゲとはぐれ、迷子になった。子犬を離してウロウロと、ウォルゲを探していると、

「やい！　拾い乞食！」

「やい！　なんとか言うてみろや！　チョーセン、パカスルナ、へへへ」

五、六人の子どもに囲まれた。その時の、みじめな思いは、消えることがない。どうしたらいいというのか、このもやもやとした、ぼんやりとした不安は、この頃からテイニを悩ませていた。

捕虜との隠れた語り合いは、それからも続いていた。やがて捕虜係の知るところとなった。捕虜係の男は百五十センチにも満たない小男だった。男は、朝夕、片山まで捕虜の送迎をする。国鉄（現ＪＲ）の東海道本線工事に片山の山土がいった。山土を削る作業に捕虜が使われていた。捕虜係は、木刀を持ってガニ股で肩を揺すり、胸を張って先頭を行く。しかし、百八十センチ以上の大男の捕虜たちとは自然と段差ができてその行列は滑稽だった。

ある日の昼、いつものように弁当を食べているところへ、捕虜係が肩をいからせてやって来た。右手に持った木刀は、肩の動きに合わせるかのように、前後に揺れている。

「おまえら、捕虜とこそこそ、なにしとんねん。変なことしとったら、利敵行為やいうて憲兵隊に

報告するど」

朴は、捕虜係を横眼で睨んだ。

「仕事するのに、力ぬいたら怪我するでぇ、言うとったんや。言葉が通じんのに、なにがでけるっちゅうんじゃ。よッ、われこそ大きな口たたいて、ええ加減なことぬかすな！　タコ」

タコというのは陰で捕虜係のことをそう呼んでいるもので、捕虜係も薄々知っていた。朴は、憲兵隊に報告する、という言葉にカチンときたらしかった。大きな体躯の朴が感情をもろに出したことで、一瞬、ひるんだ捕虜係は、

「まあ、ええわ……。ほんでも、気ぃつけよ」

と言い残して行った。しかし、その日の夕方、本社の労務課長が駅の現場を訪れた。そして、作業終了間近に、朴を事務所に呼びつけた。

「木村君よぉ、あんまり、神経苛立つようなことせんとってくれよな。なにかあって、君が引っ張られるようなことにでもなったら、会社が困るんやさかいな」

労務課長は、メガネを外して、拭きながらやんわりと朴をたしなめたが、抵抗されるようなことにでもなれば、牙をむく、冷淡な眼をしていた。労務課長は、警察で刑事畑を歩いた経歴の持ち主だった。朴に負けず劣らず、柔道で鍛えた体はがっしりとして、人の腕などひねり潰すのは朝飯前、という感じがした。一重瞼で、話しだすと、眼の縁が赤くなる。ねっとりとした話し方と、正反対の雰囲

気は、陰湿なものを醸していた。

朴は、慣れたとでもいうように、ふくれっ面で、アメリカ兵のまねをした。両手を広げて肩をすくめた。

「捕虜係のおっさんが、なにを言うたか知りませんがね、わしが捕虜になにを話したいうとりまんねん。捕虜と言葉が通じるんやったら、わし、こんなしんどい助手しとらんと、もう少し銭になることやりまっせ。ほんまに、あいつ、このごろ食うもんのうて、ほんで脳みそ縮かんでしもたんちゃいまっか。それで、そこら中に当たり散らしよって、利敵行為やら、憲兵やら、妄想が膨らんでんのですわ。こんなんかないまへんな」

「ハッハッハ。おもろい言いまわしやな、まるで漫才やないか。まあ、そういうことにしとこ、せやけど、捕虜には近寄らんとけよ。いらん詮索されたら、おまえもわしらも、つまらんことになるからのう。この前もクリスチャンのおっさんが、捕虜におにぎりを差し入れしとったのが見つかってのう、天皇陛下とキリストとどっちの神が大切なんじゃ。のう、半殺しの目に遭うたっちゅうからのぉ」

朴は労務課長をケムにまいたが、次はこんなにうまくいかないことは分かっていた。

それから何日か過ぎたある日、珍しく朝から米俵の運搬だった。米俵は藁を何重にも堅く巻いて作ってあるので、簡単に米がこぼれ出ることはないが、テイニたちが、手鉤に慣れていないため、傷をつけてしまい、そこから玄米が少しずつこぼれ出た。一瞬、朴とテイニは眼を見合せたが、無言のうちに手鉤を深く入れてから捩るようにした。すると、小さな穴からポロポロと玄米がこぼれでた。夕方、それらを掃き集めたら、十八リットル入る石油缶にいっぱいになった。朴とテイニは、それを分けて麻袋に入れた。

テイニは、猪飼野から一キロほど離れた森町に移っていた。そこは、日本人に混じって、済州島で同じ邑だった人たちが寄り添うように住んでいる場所だった。疎開した老夫婦の二階建ての家を借りて、ウォルゲとヨンドギ婆さんと暮らしていた。家は、夜店通りから一筋北に入っている。

吹田の日本通運からテイニの家まで自転車で一時間半くらいかかる。いつもは、疲れた体にペダルは重く感じられるが、その日、テイニは、上着に隠した玄米を押さえると、ふたりの喜ぶ顔が浮かび、心なしかペダルが軽く感じられた。

ウォルゲはヨンドギ婆さんと、闇の一杯呑み屋をしていた。一階入り口にはりんご箱や鍋などが乱雑に置いてあった。ヨンドギ婆さんが月に一度か二度、東北や四国などに買出しに出かけていた。その際に買ってきた米やりんご、ジャガイモなどの残骸だった。ヨンドギ婆さんが帰ってくると、どこからともなく人が集まってきていた。しかし、取り締まりの警官に摑まると、すべて没収されたり、留置場に留めおかれたりする。それでも、いかなる場合もあきらめないヨンドギ婆さんは、文盲なのを利用し、警察官にとっては訳のわからない朝鮮の言葉でまくしたてた。すると、取り調べの警官が先に音をあげてしまい、他の人より先に釈放されて涼しい顔をして戻ってくるのだった。

毎日のように、朝鮮の日雇い労働者が呑みに来たが、彼らは、勝手知ったるごとく、二階にあがっていく。闇商売なので、店が二階で、ウォルゲたちは一階で生活していた。

ウォルゲはといえば、夜中の二時頃にリヤカーを引いて、東部の巽にまで豚を買いに行くのだった。その時間帯でないと、取り締まりに遭う。そうして買ってきた豚を釜で茹で、酒の肴に、また、ごくごく隠密に売っていた。豚は、頭からしっぽまで棄てるところがなく、現金商売としては利幅が大きかった。しかし、たまに摘発されて罰金を払ったり、留置場に留められると、たちまち逼迫するのだった。

主にどぶろくを出して、金払いのいい客には焼酎と清酒を売った。焼酎の原酒は、ヨンドギ婆さんの地獄耳が聞きつけてきた。町工場の裏で密造酒が造られているのだった。

ヨンドギ婆さんは、まだ暗い夜明け前、その工場裏へ行き、大きな蒸留機の前にある細い管から落ちてくる滴を一升瓶で受けてくる。根気のいる仕事だったが、一週間もすると三斗ほどの原酒が得られた。その原酒を水で薄めて三十二度に調整すると、立派な焼酎になった。看板もなければ、酒の肴もキムチと豚肉くらいしかなかったが、それでも朝鮮人以外にも、たまに日本人も客として来た。

入口の土間から四十センチほどあがった畳の部屋に押し入れが嵌めこまれていた。押し入れは、二階にあがる階段の下になって三角形と狭いが、麹とご飯をぬるま湯で混ぜて甕に入れ、それにむしろを被せたどぶろくを置くのに適していた。床下ならば麹が発酵するのに二週間ほどかかる代わりに、芳醇な味のどぶろくができるのだが、疎開時だけ借りている家の床を外すことはできなかった。しかたなく押し入れで発酵を待つと一週間ほどでできた。沈んだ液体はどぶろくになり、琥珀色の上澄みは清酒になって高く売れるのだった。清酒はアルコール度もどぶろくより高いのですぐに売れた。梅雨の時期には、饐《す》えた匂いが部屋に籠り、どぶろくを呑んでなくとも、酔ってしまうほどだった。

「ただいまぁ」

玄関の戸には、爆風でガラスが飛び散るのを防ぐために、白いテープがX模様に貼られている。テイニがその戸をガラガラと音をたてて開けると、顔を赤く染めた男ふたりが階段から降りてきたところだった。テイニは、きもちだけ首を下げたが、

「ぼ、ぼんぼんの、おッお帰りだっか。ヘッヘッヘ。すんまへんなあ。ここのどぶろくが旨うて、へへへ、呑みすぎまんねや。母ちゃんはべっぴんやし」

年のいった男がそう言って、すれ違いざま、ウォルゲの尻のあたりをなでるようにしていった。

テイニはそれには気づかず、唇を結んだまま通り過ぎ、靴をぬいで押し入れのある畳部屋にあがった。そして、ウォルゲに、小さな声で、

「オモニ、あんな男相手の仕事、止めてぇや」

そう言って、空になった弁当箱を渡した。

「アイゴ、おまえ、ほんならなにして生きるんやゲ。戦争でもなかったら、おかちゃんも、こんな

仕事したくないやゲ」

そのときだった。水屋に一通の封書が置いてあるのにテイニが気がついた。私信でないのがすぐに分かった。

「なにこれ？　金山太仁様って」

「ああ、今日、来とったがな、なに書いてあるんや」

テイニは、胸さわぎがしたが、黙って封を開けた。印刷された紙には、まぎれもなく、

「金山太仁様徴用につき十月三十日までに出頭されたし」

とあった。あと、四日しかない。

「徴用やがな……」

テイニの上着にあった玄米が落ちても、テイニは気がつかなかった。

「チョーヨーって……、あ、あの、タンコー行って死ぬやつかいな」

ウォルゲは、そう言ってからまた、

「アイゴーッ、タンコーなんか行ったらしまいやゲ。アイゴ！」

と叫び、泣きだした。

「日本人の徴用はどっかのコーバやいうが、チョーセンジンはタンコーか穴掘りやいうやゲェ」

ヨンドギ婆さんも深いため息をもらしながら、喘ぐように言った。その時、

「母ちゃん！　どぶろく、おかわりや」

と二階から、だみ声がした。

（二十二）　天王寺駅

午前八時、駅前のそこかしこに、徴用で引っ張られて行く青年と、それを見送る家族とで、輪ができていた。見送り人は一様に沈んでいた。テイニは、大丈夫だよ、がんばってお金を送るから、と言いたいのだが、声にならなかった。

ウォルゲは、抗いようのない大きな力にテイニが巻きこまれていく不安でうなだれ、立っていた。これが蛇鬼神なのか、と不安が増長するのだった。そう思っては、また、頭を振って、不安なきもちを振り払おうとしていた。

「いいか、短気をおこすなよ。命さえあったら、なんとかなるからの」

と言ったのは、この日、仕事を休んでまで見送りに来た朴だった。ヨンドキ婆さんは風邪で寝込んでしまい、家に残っていた。

「そうやゲ。カラタ、一番やゲ。テイニや、これは、ここぞ、と思う時に使うんだよ。いいな」と、ウォルゲは新聞紙で包んだ五円をテイニのポケットに入れ、

「カラー（行け）」と、絞りだすように言ってからへなへなと座りこんでしまった。

「オモニ、俺、絶対に帰ってくるから、心配しないで」

テイニがウォルゲの脇を持って起こした。

「そうや、おまえは若いから、すぐに血が昇るけどの、あかん、と思うたら、逃げるんじゃぞ」

「はい……」

父を知らないテイニは、朴が父のようだな、と思いながら言った。

「朴さんも、首切りにあわんようにしてください」

「なにぃ、俺のこたぁ、心配せんでええ。死ぬ目には何回も遭うてきた。こんな脚になったのも、砂金堀りに行って生き埋めになっての。同輩は死んでも、わしゃ生き残ったんじゃ。わしはいつ死んでもええと思うとるんじゃ。せやけどの、おまえはこれからじゃ」

と、そこまで言ってから朴は声をひそめて、

「日本はもう負けじゃと俺は思う。じゃから、それまでの辛抱じゃ。脚一本、手一本無くなったって生きるんじゃぞ」

そう言った時だった。駅の建物の方からどよめきが起きた。

「徴用された者、集まれ！」

と言う声が聞こえてきた。いよいよと、テイニが駅の中へ行こうとすると、ウォルゲが、

「ハイゴー」

と声にならない声を出してまた、へたりこんでしまった。

「見送りの人は後ろに下がってください！」

とまたもや、地下足袋姿の関係者がどなる声が響いた。

テイニは、

「行ってきます」

と歩きはじめた。すると、

「見送り人は、後ろへ下がらんかい！　キサマ！」

茶色の鞘をつけたままの軍刀を振り上げた憲兵が、見送り人、徴用人の区別なく殴りつけていた。

「こらぁ！　キサマ！　下がらんかい！」

またたく間に左右に散った群衆は、黙って馬蹄形に空間を作り、暴れまわる憲兵を見ていた。そして、駅の構内に消えていく身内に大きな声をかけていた。

列車は北に向って走っていた。車内は、シャロコン、シャロコンと単調な音で揺れていた。途中の駅で連結し、八両になった列車は専用列車らしく、ノンストップで走っていた。

座席は半分ほどが撤去されていたため、テイニは吊革を持って立っていた。天王寺駅で憲兵が暴れまわっていたことを思いだし、これから先、どこへ連れられていくのか分からない。いつの間にか、鉄柵の中に追いたてられていく自分を自覚していた。

（二十三）パンツ屋

テイニが徴用に取られてから十カ月後に、戦争が終わった。ヘーバン（解放）、ヘーバン！　と言いながら、ヨンドギ婆さんは、さっそく荷を整理して、済州島へ帰った。続いてウォルゲも帰りたかったが、テイニの消息が分かるまで、ここにいようと決めた。しかし、何年経っても連絡がないのに心中、不安がひろがっていくのだが、生きていくのに精いっぱいで毎日が過ぎていった。

ウォルゲは、ヨンドギ婆さんとどぶろくの密売をしていたが、取り締まりが厳しく、そのたびに留置場に入れられ罰金を払っていたのと、ヨンドギ婆さんがいなくなったのとで止めた。買出しに和歌山辺りまで出かけていったが、留守宅に荷物を送ろうとしても、受けてくれる人間がいないので、うまくいかなかった。また魚介類の露天売りを始めた。しかし、公設市場が身近な場所にできてからは、露天売りがむずかしくなっていった。

ウォルゲは、主に下着類を詰めたふろしきを抱えて飯場や農家、村を巡る行商をはじめていた。その仕事を始めたのは、ある、ちょっとしたきっかけからだった。

銭湯に入っているときだった。子どもふたりを連れた若い母親が、一心不乱になって下着を洗っていた。それは、ぼろ同然のもので、糸はのび黄色く変色していた。十歳くらいの娘は周りに眼を向け、恥ずかしそうにしている。母親は、湯にのぼせた顔をして、粒になった汗をこめかみからも垂らしながら、がまんしな、正月には買ってやるからなぁ、とつぶやいていた。ウォルゲは、日本に渡って来てからも、砧で叩いてから鍋に入れて炊く、という洗濯の仕方をしていたので、黄色くなった下着に驚いていたが、そのとき、ひらめくものがあった。どんな人でも一年に一回くらいは下着を買うだろう、ましてやどんな人間でもパンツは穿く。パンツを持って行商し、飯場を回ればテイニの消息もあるいは分かるかもしれない、と思った。ちょうど近所にパンツ屋をしている人がいたので、頼みこんで、仕入れに付いていった。しかし、本町の卸し市では、ウォルゲは品物を買うことができなかった。それでも、あきらめず、毎朝五時に起きて、一時間以上をかけて歩き、天王寺や本町、船場に行った。すると、ある日、公園に近い広場で衣料品のセリ市が出ていた。「ペロ」や「ポン」などと威勢のいい符牒がする。コの字形の広い台を挟んで、男が右に左にと、一瞬のスキも逃さないという眼の動きをしていた。そこをとり囲んだ男たちは、両手の指を空中に浮かして曲げたり、広げたりしてセリあっていた。つぎつぎにブラウスやシャツなどが台の上にのせられては消えていった。記帳係がいて、値をつけた人とセリをかけている人との眼の動きや手の伸びが現実のものではないかのように、勢いのあるリズムをもって動いている。ウォルゲはおもしろくなってじっとその様子を見ていた。品物が出はらって、そろそろと、仕舞いかけているときに、ウォルゲは記帳をしていた人に尋ねた。

「スンマセン……、あの、あの」

「なんやねん、忙しいんじゃ、あっち行った行った！」

「スンマセン。あの、ここは、たれても買えますか？」

「なんや、あんた、チョーセンか」

「はい」

「ちぇっ、紋日やっちゅうのに、しけたチョーセンが来よった……。しゃあないのう。金だけあったら買えるがなぁ、買うてなにすんねん」

思いのほか優しい男は、ウォルゲに興味をもった。

「パンツ屋します」

「なんでそんなに若いのにパンツ屋なんかすんねん」

「パンツ売ります」

「なに言うとんねん。ここは、下着ばっかりやないど、ええか……。そ、それでもええんやったら、夕方に分けたるから来いや」

「……はい、ありかと」

専門の卸し場には入れなかったが、ウォルゲに運があった。この一九四八年頃、戦争が終わってから、小メーカーが作って卸しても百や二百の単位で半端物が必ず出て、それを専門に仕入れる業者がいた。地方では、三日、七日などと、座敷市などを催して半端で売れ残った物を目玉商品として売るのだった。

ウォルゲは唐草模様のふろしきに、パンツや下着、靴下などを詰めて背負い歩いた。一軒、一軒、主に工事現場の飯場に出かけていった。

ある雨の日、風が強く吹いて、荷に振りまわされるようにウォルゲは倒れた。痩せていたウォルゲはその時、倒れた荷の下敷きになるような形で右足首を捻ってしまった。痛みを覚えながらも、足を引きずるようにして帰ると、ヨンドギ婆さんがいた。

「あれ！　サムチュン！　帰ったんじゃあ」

ヨンドギ婆さんは、なつかしい故郷なまりで、

「アイゴッ、こっちもひどいが、アイゴッ、あっちは、まだ動乱が続いてるよ。アイッ、あたしゃ、命からがら逃げてきたよぉ……。アイッ、おまえは、ドブネズミみたいな髪してぇ、どうしたんやゲ」

と言ってからウォルゲを布団に寝かせ、粥を作ってくれた。この頃ウォルゲは、駄菓子屋の二階に三畳間ひと間を借りて住んでいた。

「アイゴッ、なんでこんな若い身空で、行商なんぞして生きなきゃならんの。アイゴッ、昔は島におったら、貧乏でも、のんびり暮らせたものを、アイゴッ」

ウォルゲの足は、みるみる内に腫れていった。捻挫していた。ヨンドギ婆さんは、ウォルゲの怪我をわがことのように嘆いた。

婆さんは、腫れたウォルゲの足首に小麦粉に酢を入れ混ぜたものを当ててくれた。

「歩けるまでに一カ月くらいかかるんじゃないかのう。無理して歩くと、変な歩き方をするようになるからのう。これから嫁にでも行けるっちゅうのに、あんた、なんでそんなに働くかのう。じっとしとるんだよ。知り合いに鍼を打ってくれる婆さんが、アイッ、まだ生きとるじゃろうかのう。呼んできてやるよ。もし、鍼婆さんが死んどったら、ポセンダンに行ったら、なんとかなるさ」

ヨンドギ婆さんにとって大阪は、邑に居るのと同じ感覚らしい。それというのも、邑ごと大阪に渡ってきたといえるくらいの知り合いが住んでいるせいだった。ポセンダンというのは、「普生堂薬房」という漢薬の店で、邑の男が夜店通りで経営していた。男は、水洟程度の風邪から肩こり、脱臼、捻挫、それに婦人特有のモムサル（血の道）までも、薬をうまく調合して、それが、よく効くという評判の店だった。

嫁に行く、という言葉が可笑しかったが、ウォルゲは、

「鍼……、いくらくらいかかりますか？」

「アイゴッ、あんたは先に金の心配しよるの？　足が治ったら働けるんじゃ。なにぃ、元気になってから、礼をすればええんじゃよ」

「ところで、サムチュン。なんでまた、来たのです？」

そう言ったウォルゲを見たヨンドギ婆さんは、キッと眼を剝き、涙をにじませて語った。

「アイゴッ、解放されたなんて嘘っぱちだあ。前となんも変わらん。いつまで、あの島は血で染まるんかのう。わしは、命からがら逃げてこれたからいいもんの」

と言ってからは、黙ってしまった。それからのヨンドギ婆さんは、対馬まで出かけていっては、怪我をした人や病人などを連れてきていた。夜が更けて、交番の夜回りの間を縫って病人や怪我人の親戚や家族が尋ねてきていた。襖一枚をへだてて、ひそひそと話す人たちには、怯えた表情があった。そして、箝口令でも敷かれたように黙りこんだ。それでも、途切れ途切れの話を繋ぐと、敵味方の区別さえできないくらいに混乱し、邑ごと焼かれ、命からがら島から逃げてきた人たちだということが、ウォルゲにもわかった。チョネ婆さんは無事だろうか、とウォルゲは心配になったが、なにぃ、あの、チョネ婆さんのことだ、うまく逃げているだろう、と自分で自分を納得させた。

ウォルゲはそうして、ヨンドギ婆さんの好意に甘えながら、たばこを巻く内職をしていた。そして、最近、出回りだした貨物用の自転車を買おうと思っていた。自転車だと、遠くまで運べるし、足の負担も軽かろうと思ったのだった。一カ月近くも、ただたばこを巻く内職だけだと、生活費にも足りず、早く行商に出なくてはならなかった。しかし、有り金をはたいても自転車を買えなかった。

一週間ほど経ってウォルゲは、そろそろと歩きながら、辻の角にある自転車屋に行った。たしか、千円もあれば買えると思っていた。

「おじさん、このちてんしゃ、なんぼてすか」

機械油にまみれた自転車屋のおやじは、自転車のチューブを、水の入った洗面器に通してパンク修理をしているところだった。顔をあげた男は、うさんくさげにウォルゲを見たが、返事もせず、また洗面器に顔を戻した。ウォルゲは内心、また、バカにしよる、と腹がたったが、

「すんません、このちてんしゃ、なんぼてすか？」

ともう一度聞いた。

「聞いて、ど、どうするんじゃ」

「買います」

「ヘッ、七千円もするんじゃどぉ」

「えっ！　去年はたしか、九百円くらいやったのに……」

「そんなこと、知るかい」

言葉は乱暴だが、おやじは、ウォルゲに同情したのか、それとも、急激な値上がりが、まるで自分の責任、とでもいうように、

「いるんやったら、置いとこうかい？」

と言って、ウォルゲの顔を見た。

七千円だと、六千円も足りない。ウォルゲは途方にくれた。ウォルゲは、返事をする気力もなく、とぼとぼと歩きながら、考えていた。この分だと、来月には、もっと値があがっているかもしれない。手が届かないが、あきらめられなかった。家に帰ると、ヨンドギ婆さんが、

「どうしたんだい？　顔色が悪いが、どこに行ってたんだ？」

と心配そうに言った。

「自転車屋に……」

「アイゴッ、自転車て、なにするな？」

「これからは、自転車でないと。自転車だと遠くにまで行けるし、たくさんの品物を積めるし……」

「そんなに欲ばって仕事しなくてもええがな」

そう言ったヨンドギ婆さんは、ハッとして気がついた。

「アイッ、おまえも、わしとおんなじ、チェジュハルマン（済州姥、この場合、よく働く女という意味）じゃよ、アイゴッ」

「でも……、あきらめきれなくて」

「あの、ガード下のバラックに、金を貸してくれる婆さんがいるがの、行ってみるかい？　陸地（本土のこと）出身じゃが、きちっと利子さえ払えば、いつまでも待ってくれるさぁ」

「利子はどれくらい？」

「三分じゃろ」

ウォルゲは、まる一日考えて、ヨンドギ婆さんに教えてもらった金貸し婆さんのところへ行った。

建てつけの悪い引き戸を開けると、昼というのに部屋の中は真っ暗だった。電車の高架下にあるバラックのせいか、電車が通るたびに、家が揺れ、耳をつんざく音が皮膚をなぞり、ブレーキのきしむ金属音は、心臓を突きさす悲鳴にも似て、ウォルゲは、思わず逃げてしまおうかと腰がひけた。八つの眼が青く光って、シャーッといった音がした。猫だ。猫は、四肢をそろえていたが、少しだけ後ろに身を引いたと思いきや、丸く縮かんでウォルゲを威嚇している。ウォルゲが金縛りにあったように立っていると、白眼の光った婆さんが、シーともフーともつかぬ声をたてて腕を振った。すると、猫は猛烈な勢いで畳を蹴って、今度は思いっきり四肢を伸ばしてすばやくウォルゲの横をすり抜けた。

眼が慣れてくると、白髪を耳の後ろに束ね、ピニョ（簪）をさした婆さんがあぐらをかいて座っているのが見えた。痩せているが、胸をはって背筋をのばした婆さんの白眼が光っている。高い鼻梁、薄い唇は、猫以上にウォルゲを緊張させた。ウォルゲは息を止め、眼を見張って立っていた。すると、

「寒いじゃないか！」と、慶尚道地方（陸地、東南地方）の言葉でどなった。ウォルゲが慌てて戸を閉め、持ってきたりんごをふたつ、膝の高さにある畳の上に置いた。畳は茶色にささくれ、ところどころ、浮きあがっていた。金貸し婆さんは、瞬きを忘れたような眼窩から鋭い視線を送っていた。ウ

ォルゲは、眼に粉でも撒かれたかのように、瞬きをくりかえしていた。

「なんぼな……」

いきなり要件を切りだした婆さんは、一瞬の間にウォルゲの人となりを見抜いたとでもいうようだった。

「自転車を買いたいので……」

「なんぼか聞いとるんじゃ」

婆さんの声は、低いがうむを言わせぬ力があった。

「ろ、六千円……」

「利子は三分。利子だけでも毎月末には持ってくるんじゃ」

と言った婆さんは、いざって側の煎餅蒲団に寄って右手で敷布団をめくった。すると、新聞紙に包まれた札束が見えた。婆さんは、指を唾で濡らして、百円札で六十枚を数えると、それを輪ゴムで縛って、ウォルゲの方に放り投げるようにした。その時、ウォルゲは、婆さんの左足と左手が義手、義足なのに気がついた。息を詰めて見ていると、

「なにを見とるんじゃ!」

と、一喝された。

そうして後ろに荷台のついた自転車を買ったウォルゲは、前後ろに、今までの倍の品を運ぶことが出来、また、時間も短縮されていった。

ある冬の日だった。まだ星が瞬く朝の四時に家を出て、堺から泉州地方を走った。しだいに山が朝焼けに染まっていった。ウォルゲは、自転車を止めて、山の方を見た。頬まで橙色に染まった山の頂を見上げた。いつか、牛島で見た竜王祭の夜明けと同じだった。しばしウォルゲは、はぁーっと息を吐いてから、また自転車を勢いよく漕いで走っていった。

小屋がけの工場の外に、タオルの失敗品や、裁断の際にでる敷布のハンパが捨てられていた。ウォルゲは、それを見て、ひらめくものがあった。卸し市では、それらが高く売られていた。縁を縫い、少し小さなサイズになっても安く売ればいい。ただで仕入れられるほど幸運なことはない、と思ったのだった。

工場の主に声をかけてみると、ただ同然の価格で、すんなりとわけてくれた。しかし、ウォルゲは、困ったのか、うれしいのか、相手にすれば拍子ぬけするような無表情のまま、ふろしきに包んだ。そうして、持って帰った布地やタオルのＢ級品を、ウォルゲは夜を徹して縫った。

そうしてできあがった敷布やまくらカバー、小さめのタオルは、立派な商品になった。定価の半額にすると飛ぶように売れた。

春になって、ウォルゲが逆瀬川に近い朝鮮人部落を訪ねた時だった。川の中州に砕石工場があって、大きなトラックが行き交っていた。真っ白な粉じんが舞い、眼をあけていられないほどだった。その側を鉄道が宝塚まで走っている。ウォルゲは、自転車のハンドルを持って歩き、砕石を粉砕する機械の横を通った。破片が入らないよう眼を細めながら部落の入口に着いた。

部落の出入り口は、一カ所しかなかった。広場を真ん中にして、扇形に長屋が建っている。長屋の端には豚小屋と鶏小屋が並んでいて、その小屋の後ろには柿の木とびわの木が葉を広げて小屋に影を作っていた。明らかに朝鮮人の棲み方だった。ウォルゲは、済州島の兎山村と似た風景に懐かしさを覚えて立っていた。番犬が、ウォルゲを見て、鎖をちぎらんばかりにけたたましく吠えている。

ブブ、ブブ、ブーブーと鳴く豚。キュキュッ、キュキュッ、キュー、パシャッ、パシャッという鶏の羽擦り。チュチュチュ、と鳥が鳴いて飛んでいった。ウォルゲは、その自然がおりなす喧騒の中に立っていた。呆然といえる。八カ月の頃に、自分の糞を口に入れ泣いていたことを、母のミンスッはおもしろがって繰り返し語り、

「アイゴォ、おまえは、犬糞子《ケットンイ》じゃなくて、豚糞子《トンテジ》だぁ」と、事あるごとにからかっていたが、その時の大きく口をあけて笑っていた母の顔を思いだしていた。

そのとき、中年の女が走ってウォルゲの側に来た。

「あ、姉さんね、うちの卵の父さん、知らんね」

女は、竹の棒をもって、はあはあと息をきらしている。

「卵の父さん？」

ウォルゲが女の声に反応したときだった。牝鶏を追いかけて雄鶏が走っている。ウォルゲはおもわずふきだしてしまった。女は咎めるような眼をして、ジロッとウォルゲを見た。真っ黒に日焼けした女が荷台のついた自転車を抱えるようにして立っているのが不思議なようだった。しかし女は案外と屈託のない性格らしく、眉を下げたかと思うと、ウォルゲの背中の荷と自転車に山と積まれた物に興味を移した。

「なにぃ、それぃ？」

慶尚道地方の言葉は日本語にしても、語尾をひきずる。ウォルゲは、日本語と同じくらいに、慶尚道言葉が理解できるようになっていた。

「パンツとか……、靴下とか」

終わりまで聞かずに女は、手を叩いて、部落の家家の戸を開けてまわり、

「パンツ屋さんだとよぉ……、ハハハ。若い女のパンツ屋だとよぉ」と、なかば、茶化すように言っていたが、女たちを自分の家の土間に集めてくれた。ウォルゲは、荷をほどきながら、これはいくら、こっちの方は、規格外なので半額にします、といってただ同然で仕入れて縫ったものを挟んだ。女たちは、最初、顎をあげていたが、頭の中ですばやく計算玉をはじくのか、ひとつ、ひとつ、手にとっ

てみては、伸ばしたり、嗅いだりした。

「アイゴ、お義母さん、なにを匂ってるのぉ?」

「いっぺん、水を通したものはこうしてわかるのさぁ」

婆さんは、肌着を口元に寄せたりさすったりしていた。

「アイゴ、お義母さんはいつも疑ってばっかりぃ」

「あたりまえじゃねぇか? 旦那さまが汗水たらして稼いだお金だ。むだに使っちゃぁ、罰があたるよ」

「アイゴッ……。ほんとにそう思わなくっちゃぁねぇ」

「そうだよ、あんたはまだまだだ」

「エへへ……」

ウォルゲに土間を貸してくれたのは、ここでは若い嫁だった。年期の入った婆さんは、ひらめのように眼と眼が離れているが、一筋縄ではいかぬ強情さが見え隠れしていた。あぐらをかいて背筋をピンと伸ばしている。

ウォルゲは、品物の整理がつくと、まるで決まった行事のように、巾着からテイニの写真を取りだした。そして、こんな人を見かけませんでしたか? と尋ねるのだった。

「誰? 姉さんの息子かね?」

「はい……。徴用に行ったきり、音沙汰がないもので」

「ハイゴッ姉さん！　徴用に行って、生きとったら、もう帰って来とるがね」

ウォルゲは、ここでも同じことを聞かされて、肩を落として帰っていった。

（二十四）　北海道

低く呻き声がする。幌を被されたトラックの隅に置かれた石油缶から生臭く饐えた臭いがトラックの中全体を覆っていた。トラックの中にも、時折、射すような光が幌を透過して入ってきた。テイニは半睡から覚め、光りに導かれるように、そっと幌の端を上げて外をうかがった。

雪の降る広い道路を大型車が走っているのが分かった。テイニを乗せたトラックも、タイヤの音を響かせて、スリップしないかと思えるほどに、かなりの速さで飛ばしている。反対車線の大型車が行き交う時に、ヘッドライトがぶつかり合うので、覚醒に似たハレーションが起きていたのだった。

「俺たちゃ、どこまで行くんかのう」

聞きなれない言葉だが、内陸部の方言であるらしいのは、テイニにもわかった。

「おまえはどこから来たんかの？」

テイニに声をかけたのは、日本語のわからない三十代の男だった。百姓をしていたらしく、頑丈そうな腕と脚をしている。

「大阪です……。徴用のはがきが来て」

テイニがたどたどしい言葉で答えると、

「アイッ、おまえは国の言葉もしゃべれんのかい」と男は睨んだ。

「ち、違います。ぼ、ぼくは、八歳まで済州島で育ちましたが、その後は大阪です。済州島の方言しか分からないもので」

「なんで、おまえのような者まで、引っ張るんかのう」

「そういうあんたはどこから来なさったんかね」年嵩のいった別の男が言った。

「募集ですよ」

「募集?」

「ええ……上野でね。高給四食つき、おまけに支度金十五円とくりゃ、仕事にあぶれていつ死ぬか分からん生活じゃあ、眼がくらみますさあ」

「それが、このざまか」

「いえね、最初の三日間、青函連絡船に乗って函館に着くまでは極楽でしたよ。酒とたばこは飲み放題、十五円のうち、十円を邑に送ってから、気が大きくなってしまって花札だ。揃いの印袢纏にゲートル、地下足袋だ。そうさ、二年、頑張りゃってね」

「ほうだ。日本人のするこたあ、昔っから信用がならねえ」

「そうですよ。函館に着いたら、それまでついていた案内員に変わったのが、アイゴッ！　この世で鬼に出会うとは、思いもよらなんだ」

「逃げようぜ」

「しいッ」

「こんなスピードじゃ、落ちて後の車に轢かれるのがオチじゃ」

「しかし……、三日三晩、汽車や船に乗せられて、どうやら日本に着いたのはええが、裸にされて白い消毒の粉をかけられた時には、眼を剝いたぜぇ。これから、どこへ連れて行かれたところで、人間扱いしてもらえないのは、眼に見えてるさ」

「しいッ、募集人がこっちを見てるぞ」

運転台との間に鉄格子のついたガラス窓が嵌めこまれているが、そのガラス窓の車内灯が点いた。朝鮮人の通訳兼募集人が、じろッと荷台を見ている。暗闇の中で、ぎらついた眼が光った。募集人を見ると、彼は、運転手になにか言った。すると、急ブレーキがかかり、荷台にいた人間は前のめりになって転がった。

川を渡りきったところだった。募集人は、助手席を降りて後ろに回ってきた。そして、外から頑丈に縛っていたロープをほどいた。募集人は流暢なソウル言葉で、

「その缶を出しな」と言った、その時だった。幌をまくって、男ふたりが飛び降りて走った。募集人は、すかさず追いかけ、足の遅かった男の頭を棒で殴った。男がその場に倒れるや、運転手も出てきて、ふたりで殴る蹴るの暴行を加え、男が虫の息になるや、運転手と募集人とで男を抱え、川に投げ捨てた。はあはあ、と荒い息をした募集人は、幌の中にいる無数の眼に向かって、

「いいか、おまえたちは、一年の契約で、これから北海道の炭鉱に行く、逃げたければ逃げて良し。しかし、逃げたら最後、生きて娑婆には戻れねえ。覚悟しな」

と言い、

「おい！　そこの若いの！　カンを出しな」

テイニに言ったのはあきらかだった。テイニは、奥にある大小便用の缶を持って、募集人に渡した。募集人は、その缶を持って川へ降り、中の物を流した。その時、募集人はえずき、グエッという声と同時に胃液まで吐きだしたようだった。川の水で簡単にすすいだ募集人は、缶をテイニに放り投げるようにしてから、また幌をかぶせた。ロープで縛ってからトラックは走りだした。

（二十五）　鉱山

鉱山《ヤマ》に着くとテイニたちは寮に入れられた。テイニは着いて気がついたのだが、トラック三台で運

ばれて来たのは全部で百二人だった。なぜ分かったかというと、一列に並ばされて、番号で呼ばれたからだった。それからテイニは番号で呼ばれた。二十五番である。名前の五十音順なのか、徴用の順なのか、それとも年齢のそれなのかは分からなかった。ともかく、テイニの名は消え、二十五番と呼ばれる暮らしが始まった。

寮は全部で二十棟あり、各寮には寮長と事務の女性と炊事係の夫婦がいた。寮長は通訳も兼ねている、日本語の話せる朝鮮人だった。別の棟には、中国から強制連行された中国人がいた。このヤマ全体で二千人からの人間が集められていた。

寮に入れられてすぐに、訓練が始まった。

朝、まだ夜も明けない時間に起こされ、番号順に並び、号礼をかけられた。日本語のわかるテイニは、「右へならえ」と言われて、すぐに右に向くことができたが、邑から引っ張られてきた人間は、意味がわからず反対に回ったり、敬礼の仕方が悪い、といって日本人監督に殴られて、鼻血をだしていた。テイニは自分とあまり年の違わない、三十二番と呼ばれている高栄八が鼻血を出しているのを見ていた。すると、どこを見てるんか！　とテイニも殴られ、床に倒れてしまった。唇を切ったテイニは、この時、生まれて初めて人に殴られるという経験をしたが、納得のいかない思いで涙がこぼれた。

次に寮長が来て、訓示をした。

「今日から三交代で仕事をする。動くときは三人で動け。一人での外出は許さない」

と言った後、

「日給は六十銭。よく働く者には、七十銭支給する。それでは、朝食の後、またここに集まるように」

と言って寮長が去った後、皆は、廊下に出て、朝食の場所を探し歩いていった。テイニは、高栄八の側に寄って行った。

「どこから来たの?」

済州島言葉で言うと、びっくりしたように、顔を向けた栄八は、

「チェジュニャ（済州か）?」

と言った。済州島言葉が返ってきたので、テイニも驚き、ふたりは、手をとりあった。

「僕は、八歳のときに日本に来たから、中途半端な言葉だろ?」

テイニが言ったが、それ以上は言葉が続かなかった。

食堂に入ると、朝食が長机の上に並んでいた。アルミの皿にじゃがいもの煮つけがあるだけで、あとは麦ごはんに味噌汁だった。テイニは味噌汁を飲めたが、栄八は顔をしかめていた。しかし、ふたりとも腹が減っていたので、全部たいらげた。

作業は、鉄棒で岩を突くことから始まった。堅い岩盤を鉄棒でつつくと、耳にまで振動が響く。テイニは二時間もすると、腹は減るし、腕は痛くなってきた。この時、なぜ自分がこんな目に遭うのか、と持って行き場のない怒りがわいてきた。しかし、監督の眼が光っているので、無我夢中で作業を続

けていた。

穴が二メートルほどになると、熟練した工夫が爆弾をしかけた。やっと、少しの休憩が取れると思ったのも束の間、鼓膜をつんざく爆音に驚かされ、テイニたち新参者は、岩に這いつくばって震えていた。頭まで真っ白になって起きてみると、砕けた鉱石が転がっていた。それを積めという。大きい物は手で、小さい物はスコップで。

やっと夕方になって寮に帰ると、鼻をつく匂いがした。

「チェッ、またオットセイかよ」

と言う声がした。テイニは、先にこの鉱山に連れれて来られた李孝男、姜武と組んでいたが、そう言ったのは李だった。李は白髪が鬢のところに出はじめている四十代の痩せた男だった。確かに臭くて食べることができそうになかったが、テイニは、なにより、腹が減っていた。文句も言わずに口に入れたがあまりの臭いに吐き出した。テイニは、ポロポロと涙を流していた。

「おまえ、泣くのは早いぞ。この世の地獄とはここのことよ」

そう言ったのも李だった。李も文句を言ったが、空腹には耐えられないせいで、掻きこんでいた。

「それでも……。なんで、こんな目に……」

「あほか、おまえは。わしらは、家のないのら猫と一緒じゃ。風が吹くと、あっちへ。雨にあたるとそっちへ。雪が積もると埋もれて死ぬだけじゃ。考えるな、考えると気がおかしゅうなるだけじゃ。

なッ、おとなしゅうしとらんと、ここは、ま、日本じゃけん帰る見込みもある」

「えっ？」

「樺太なんかに送られたら、いったいどうなるか、分からんど」

テイニは、樺太だろうが、どこも同じだと思った。こんなところで、うまくいってもいつ帰れるか分からないのは眼に見えている、とテイニは、若い勘でそう思った。その時、

「こ、ここ……、いいですかな」

と言って隣に座ったのは、年の頃五十代と思われる、痩せて顔色の悪い男だった。テイニが少し動くと、

「すんませんなあ、ところで、あんさん、大阪ですかな？」

「はい、東成です」

「はあ、東成ですか？　じゃあ、近い。わたしはな、今里でんがな」

テイニは久しぶりに大阪弁の「でんがな」を聞いた。同意や強調するときなどに、でんがな、という。ですよ、と同じ意味だが、この悲惨な場所には似つかわしくないのに、このユーモラスに聞こえるなつかしい言葉にテイニは、まじまじと男の顔を見た。

「あんさん、若いんでっしゃろからな、すぐに文句が出まっけどな、こんな時は運命やとあきらめて、怪我せんように、要領よく動くんだっせ。そないに力、入れたら、腹がすいてたまらんどっしゃろ、な」

「なに言うとんねん、おっさんは！　気をつけとってもヤマは爆発しよるんぞ」
李は声を荒らげたが、誰もがこの矛盾に気がついていた。

（二十六）　廃墟の村で

松の木を燻《いぶ》す臭いがする。ミンスッは、朦朧としたまま薄眼を開けた。鼻が自然にヒクヒクと動いたが、すぐにそれは、生魚の腐臭に似た臭いに取って代わった。いや、魚ではないな、と気付くと同時に、口の中から回虫が這い出てきた。しかし、気づかずにいる。今日は何日だろうかと、今にも消え入りそうな意識の中で、ふと、そう思い、なんだ、まだ生きていたのかと奇妙な感じになった。いや、生きていることが嘘で、とうに亡霊となって、夢を見ているように彼岸から、今、自分を見ているようだ。

ミンスッは、回虫を噛みくだいて呑みこんだ。カサカサに乾いた喉を通るとき、まるで紙でも呑みこむようだった。その音が聞こえるほど、静かだ。ミンスッは、首をひねり、肩に寄りかかるように乗っている頭を、肩をひねって動かした。すると、パンパンに腫れた顔から眼玉が五センチほども飛びでているのが見えた。ヒーッ、と息を吸うと唇が震えたが、ミンスッは声が出なかった。周りを見まわすと、先に息絶えた人が折り重なるようにして横たわっていた。すでに真っ白になるほどの虫が覆っている。

いつもの朝が始まっていた。

ミンスッの眼底に、しきりに揺れる光がハルラ山（済州島の真ん中に位置する、朝鮮半島一高い山）に寄り添うような側火山の頂から浮かびあがってきていた。朝焼けの陽は、細かく砕かれた白から橙色になって、村や丘、人、広場を駆ける犬と鶏、いななく馬、それらを一色に染めていた。

突然、蛇の舌のような長い炎が家屋に巻きついたかと思えば、すぐに包まれ、血のように真っ赤に染められた。家も人も、鶏に犬、馬、そのどれもが、まるで音を消し去った人形劇の幻影のようだった。阿鼻叫喚の中にいたはずなのに、声にした覚えがない。喉のあたりで声が詰まり、出るはずの声が音となって破裂し、体をくねらせて、もだえ、空を摑み躍った。

重油のような臭いがした。ミンスッは、逃げまどう途中、どこをどう、走ったのかさえ覚えていない。血の海の中、足がベタベタと地面に吸いつくようだった。灰をかぶり息ができない。あっという間もなく焼きごてで焼かれたようなふくらはぎの痛みに倒れたのだった。今、その脚に感覚がない。

ミンスッは記憶の底から、苦しげに喘いでいた。足首からふくらはぎへと、徐徐に這いあがってきた虫は、今にもミンスッの息が絶えるのを待ちかまえているのか。

這ってきた乳児が母親の乳房を吸っている。吸われるたびに、母親の乳房の傷口からピューッと血汐が飛んだ。母親の首はガクンと折れていた。乳児は泣き叫んでいたが、それも段々と弱くなり、聞こえなくなった。

あれはいつだったか……。

不思議なことに、ミンスッの頭は感傷とはほど遠くなっていった。生きる、という最も原始的な価値が薄れていった。もうすぐ、この隣に横たわっている人のように死に、やがて腐って崩れていく。しかし、まだこの時、ミンスッには、生きてきた意味を問う、わずかな意志が働いた。今までの人生の記憶が過去と現在と、混在して現れてきた。

一九四五年、植民地からの解放を迎えた島では、人々がトンニップ（独立）、トンニップ、あるいは、ヘーバン（解放）を、まるで呪文のように唱え叫び、感喜にふるえていた。しかし、それも束の間、いつの間にか、南北朝鮮が分かれ、アメリカとソ連という大国に信託統治され、南だけの単独選挙が行われようとしていた。名は変わってもまたどこかの国に支配されていくことを、人々は敏感に感じとり、命をかけて阻止しようとして山部隊が組織された。そして、一九四八年四月三日、警察署を襲撃した山部隊は、日本軍が置き去りにしていた武器をもって警察官を殺し、警察署に火を放った。ハワイから、アメリカの傀儡政権の大統領に収まるべく、李承晩がやってきた。李承晩は、島の人間を共産主義者とし、絶滅させるため軍隊を投入した。その軍隊の先鋭として最も残酷な働きをしたのは、西北《ソブッ》と呼ばれた人間たちだった。西北とは、ソ連の社会主義体制に組みこまれた北朝鮮の元地主やその家族だった。北では、地主たちの土地は没収され財産も取りあげられた。そのため、命からがら南に逃げてきた人間たちだった。彼らの共産主義に対しての憎悪は身にしみていた。神は無いも同然だった。村は焼かれ、村人は山に逃げるも、西北討伐隊に遭っては皆殺しにされた。山の洞窟に籠る山部隊が食料を求めて地主の家を襲えば、討伐隊か、逃げる山部隊かも見分けがつかぬほど混乱を極めた。市街地では、焼け落ちた建物が木炭のようになってくすぶり続けていた。

雪がまだ残っていた。村人たちは、その雪を掻きわけて深い洞窟に逃げた。そうして息を潜めたもののの、あの、鼓膜をつんざく銃の音や火薬の臭いがまだ染みついて、その朝の異常なまでの静けさに、我を失っていた。粥を炊く煙で居場所が知られるため、洞窟の中で煮炊きをした、あの松を燻した臭いだ。今もどこかの洞窟で、じっと隠れている人がいるのか。

ミンスッは、ウォリとスナニを夜明け前に日本へと漁船に乗せて逃がした。

「オモニも一緒に行こぉ」

ウォリは最後までミンスッを残すのを渋ったが、

「アイゴッ、あたしは長生きしすぎたよ。三日も船の底では、持たないさぁ。さあ、日本の大阪に渡ったら、ウォルゲ姉ちゃんを探すんだよ。それにぃ、大阪には先に渡った巫堂がいるさ、この島で死んだ霊を慰めるんだよ。アイゴッ、あの畑もあの丘も死体でいっぱいだぁ。遺体を家に持って帰ることもできない。さあさ、あたしはどこで死んでもいいさ。これからは若い者が、さあ、がんばるんだ」

あれはいつだったか。ウォリとスナニを逃がしてから何日も経っていないのに、ミンスッは遠い昔のことのように思っていた。ミンスッは、意識が途切れていく中でも無意識に体温の喪失を防ごうと、片手をのばして藁を寄せて被った。そうして、夢の中に入っていった。

それは、ウォルミを孕んですぐの頃、東学党の闘士を匿い、邑や町でクッ（お祓い）や占いをしながら、一緒にウラジオストックにまで逃げていった頃のことだった。ミンスッの精神の眼の前にありありと描きだされていった。

街道から門をくぐると、宿の中庭には、無数の穴が掘られていて汚物が捨てられていた。黒豚は耳に掛けた紐で繋がれ、ブブー、ブブーと鳴いている。まだらに黄色い犬がゴミをあさっていた。鶏が五羽、追いかけっこをするように走って、それを見る牡牛や馬が競うように鳴いている。鳴きやまぬ馬をどなる馬方の声が一段とにぎやかな光景を作っていた。

ミンスッは、二歳になるウォルミの手を引いて、金天準と夫婦のようなそぶりで宿に入っていった。金は男巫の格好をしている。薄い髪には白いものが混じっていたが、眉は、意志の強さを示すように、キッと伸び黒々としている。口は堅く閉じられ、それだけでも彼の顔相は引き締まっていた。

宿には、普段、農民の納屋などに泊まる修行僧なども来ていた。修行僧は頭陀袋をさげて、鉢をもっている。

仏教は李王朝が創建される前には千年に亘り、人々に支持された宗教だった。が、一五九二年、秀吉の軍が攻めてきた時に、修行僧に化けた兵士が都に入る許可を得、守備軍を殺して城を築いた経緯があるだけに、仏教は朝鮮では金剛山の奥深い隠遁の地でひっそりと受け継がれているのみだった。主だった寺院などは潰され、その代わりに、ミンスッたちのような巫堂の鬼神信仰が広く信じられていた。民衆は、未だに、修行僧を見ると、怖れる。しかし、人々は熱心なお経に耳を傾け、死んだ後、地獄へ堕ちないようとでも思うのか、少しの麦を分け与え、納屋などに泊めたりするようになっていた。

それら修行僧と、商人などが雑魚寝に近い形で宿をとっていた。オンドルが入って部屋が暖まってくると、垂木を真っ黒に染めていた蠅が動き始めた。夕飯の時に出たチゲ（辛いみそ汁）には、わんさとその死骸が浮き、ろうそくの溶けた部分には蠅の焼死体がひしめいていた。人の顔にもブーンブーンと音をたててたかってきた。また、大小さまざまなゴキブリが這い、南京虫が大量にわいて寝ることができない状態だった。ミンスッは、旅慣れていた。袋から軟膏をだして、ウォルミの首や手足に塗り、自分にも塗った。そして、金天準にも渡した。金は、無言のままそれを押し返した。まるで必要ではない、といったふうだった。その軟膏は、妙香山で薬草を採集していた老人に教えてもらったもので、強烈な匂いがするが、南京虫などに刺されるのを防げた。

「とうとう、東学党の親分の首が市場に吊ってあるとよぉ」

そう言ったのは、ソウルからやってきた行商人だった。この頃、朝鮮では、店を構えるのは大都市だけで、五日毎や三日毎、あるいは十日毎というように一定の間隔をあけて、あらゆる地域で市が立っていた。全国の市を回る商人は、こざっぱりとした身なりをして、馬に荷物を乗せて歩く。一方、かなりな情報を持って歩くため、人々に語る記者の役目も兼ねていた。

「なにぃ、我らの東学党さんはよぉ、朝、東の空に出た、といやぁ、昼には北の果てに来なさる、出没変幻自在の方よぉ。ありゃ、下っぱよ」

年の頃、四十代だろうが、老けて見える男が言った。男は、干し魚や海藻を運ぶ行商人で、宿に着くとすぐに、馬方と一緒になって馬から荷鞍をはずし、体を拭いてから胴体に蓆を巻いてやっていた。根が話し好きなのか、自分から話しだしていた。

「そうでもねえ……。頭かもしれねぇ」と言った男は、親指を立てた。

「酷いことをするもんよのう。西小門から北京街道にかけて市があったんだが、その市に首がふたつ、三本の棒にひっかけてあったさ。それればかりじゃねぇ、ちょっと離れたとこにゃ、首が転がっていたさ。餓鬼どもは、おもしろがって、落ちていたかぶを刻んでその首の黒ずんだ口に挟んで遊んでいたから、こらーっ、とどなったら散ったが……」

年配の老人が嘆息してうなずいている。老人は、体中十センチほどにもなる毛に覆われていた。唯一、顔は、顎髭が伸びているだけで眼や鼻の位置は確認できたが、その眼も窪んでいるために四角く見えた。老人は松の実を主食とし、深い渓谷に分け入り、朝鮮人参を採ってくる。痩せているが、人より長い手足は、若い頃にはどれだけ俊足だっただろうか、と想像させた。季節を巡って、順に市を回っていた。

「アイゴッ、わしは、その首のない死体を見たさ。市を終えて帰る途中だ。南大門から東大門にかけてうらさびしい道を歩いていたんだ。寒い、寒い日なのによぉ、三人が夏の綿服姿でよ、道端に寝てるんだ。思わず声をかけようとしたら、アイゴッ、首が、ねえんだ。アイゴッ」

「おいらもその死体を見たぜ。おいら、しょんべんばぁ、ちびったぜ」

そう言ったのは若い男ふたりで、籠に入れた鶏を売り歩いていた。この時、無表情だった金天準の顔がわずかに歪んだ。しかし、金は、なんの反応も示さないふうを装って、ミンスッたちと夕飯を食べていたが、耳は鋭くとがらせ、声の方に眼を向けたりしていた。

「ところでよッ、昨日の朝早くよッ、港に日本人の兵士が行軍していったぜ。丘の上に陣地を張ったみたいだ。なんでも、東学党から日本人を守るんだというぜ」

そう言った男の、日本人、という言葉に誰もが緊張した表情を現したが、金払いのいい、よく訓練された日本人の兵士や商売人に、面と向かって異議を唱える者はいなかった。ただ、ぼんやりとした不安で日本人を警戒していた。

東学党は、これ以上ないと思わせるほどの悪政を続ける官僚や政府顧問に対して蜂起すると述べているが、王室に対しては忠義を誓っていた。その檄文は農民の支持を受けた。東学党がソウルと釜山間の電線を切断したといううわさは、人々に共感をもって迎えられたが、周到に用意された日本軍に朝鮮に上陸させる口実、つまり、朝鮮に居住する日本人を東学党という逆賊から守るという理由を与えてしまっていた。行商人は、そのことに敏感に反応したが、全体像までは把握できずにいた。

行商人が目撃したように、肥後丸という日本の船から二百二十人の日本人兵士が釜山港に上陸して、丘の上の寺に宿営していった。静かに整列して歩く兵士はピカッと光る銃を抱えていた。それを知っても、釜山にわずかに居る西洋人に動揺はなかった。しかし、何日か後に、はるか北のソウルに近い済物浦の外港に日本の軍艦六隻、アメリカ合衆国の旗艦、フランスと清の軍艦が各二隻、ロシアが一隻という大艦隊が待機すると、人々は度肝を抜かれた。あらゆるうわさが飛び交ったが、おおむね真相はわからなかった。日本の軍用船が軍隊だけに留まらず、馬や軍事物資を蒸気ランチで陸にあげていた。人夫は、米などを浜辺に積んでいた。

通りでは、日本軍が靴音を響かせて行進していた。蓆や馬糧を載せた荷車がのろのろと進み、道を塞いでいる。人々は蛙のように足をひろげて座り、じっとその様子を見ていた。

「オンマー（かあちゃん）、オンマー」

叫ぶ声がする。ミンスッの眼の前にウォルミの面影が立った。アイッ、ウォルミじゃないの。アイゴッ、おまえは一体、どこでどうしていたのだい？　そんなに頭から水を被ったみたいに、びしょぬれじゃないか。なんだい、その眼は？　恨めしそうにしてぇ……。アイッ、寒そうに唇も紫色になっているじゃないか。こっちに来て、さあさあ、一緒にご飯を食べよう。なッ、こんどは、もうどこへも行くんじゃないよ。なんで、はぐれたんだい。さあ、なんで食べないのさぁ。アイッ、どこへまた行くんだい？　アイゴッ！

ハァ……。今、確かに見た、と思ったのに、アイッ、あたしも、もう終わりかね……。

始まりが終わりであるようだ。潮が引いていった。引いた勢いで寄せた波は、音をたててしぶき、太陽は、海と空を真っ赤に染めて沈んでいくところだった。赤く千切れた雲は、遥かに高く遠い夜の天空をのぞかせながら、流れていった。

白い月が火傷しそうな熱を周囲に放ち、群青色の空に鮮やかな姿を現した。その時ミンスッは、長い人生に終わりを告げる一瞬の光芒を青白い炎にして息絶えた。ミンスッは、この時代、誰もがそうであったように、その場その場の火の粉をふり払うのに懸命で、自分の幸せがなにか、不幸せがなにかも、考えることができなかった。ミンスッは、人よりは長く生きた。ひとつ所に落ち着かず、流浪を続けた。いつも未来の見えない人生だった。しかし、たとえ、一生村から出ない穏やかな運命だったとしても、ミンスッは、心の中で神との交信を続けていただろう。そして、神が決めた運命に自身を委ねて生きた。自分も含めて、皆、神に生かされていると思っていた。ミンスッが産み落とした娘たち三人も、その瞬間に神からの恵みを手の平に、運命を背にしたのだろう、ことを信じていた。

（二十七）竜宮

ウォリは、上ふたりの姉に似ず、なにごとにもゆっくりとした性格のせいか、巫女仕事や占いの他は、どこにいても、豆で味噌や醤油を作ったり、野草のヨモギやタンポポ、桔梗の根を摘んできた。ヨモギは揉んで汁に入れ、タンポポや桔梗の根は茹でて膳に乗せていた。白菜と大根のキムチも、どこで覚えたのか、うまく漬けこんでいた。ウォルゲがいた頃には、ウォルゲが捕ってきたタニシやイナゴ、サザエなどもすばやく塩漬けにして薬味とからめるのだった。

ウォリとスナニは、夜明け前に済州島を出て、木浦まで漁船に揺られ、木浦から密航船に乗った。密航船は、少しばかり大きい漁船だった。その漁船の底に蓆を掛けて横になるのだった。

ウォリとスナニは、裳の中に味噌と豆を潜ませていた。腹が空いたら、味噌を舐め、豆を齧っていた。ウォリは、母のミンスッを動乱の島に置いてきたことがつらくて、ずっと泣いている。スナニは、そんなウォリが不思議でならない。

「サムチュン、なんで泣いてるの？」

「オモニと別れて悲しいじゃないの」

「でも……、あのまま、島にいたんじゃ、生きてられないって、ハルモニが言ってらしたじゃない？」

「そうだよ。でもね、あたしたちだけ生きてどうするね」

「厭！　あたしは、日本に行くのが楽しみ！　こんなとこ厭」

真っ暗な船底で船が揺れる度に、ふたりは胃液まで吐きだしていた。

「アイゴ、おまえは、おまえを産んだ姉さんにそっくりだよ。おまえは自分だけよかったらいいのかい」

「またぁ、いつも説教なんだから。あたしは、あたし。母さんは母さん。それにぃ、あたしは母さんの顔も知らないんだよ。どうして似ているっていうのよ」

「アイゴ、おまえは賢いと思ったらバカだね。人は、その血には逆らえないんだよ」

「あたしは、そんなこと信じない！　じゃあ、あたしみたいなのは、一生浮かばれないじゃないの。周りを見てもそうだわ。サムチュンのところへ来る人たち、どの人を見ても、ただ、女に生まれただけで、男の都合であっちに行ったり、こっちに来たりしてる一生じゃない！　あたしはそんなの厭！

でも、男になれない……。それならね、あたしは、いつも想像しているの。この髪を梳いたり、肌を磨くと、きっとあたしを大事に思ってくれる金持ちの男の人が現れて、あたしを連れていってくれるってね」

「夢ばっかり見てからぁ。おまえのように親のない娘は、年よりの妾ぐらいが関の山だよぉ。体ばっかり磨かないで、心根の優しい娘におなり」

「厭だ、厭だ。あたしは、いつまでも、サムチュンのような巫女の真似をして旅をするのは、まっぴらごめんだわ。あたしは、このスベスベした肌と、すらっとしたこの脚と、艶のある髪を欲しがる人を探すわ。そうでないと、厭」

スナニはそう言ったものの、身動きもならず、尿が漏れて太ももを生ぬるく流れていくと、いつもの憂鬱と痼癪が起きそうになっていた。

ウォリは、その時、ふっと、姉のウォルミのことを思っていた。ウォリがまだ幼く、ウォルミは、早くに家を出ていたので、多くは覚えていない。だからというわけでもないが、ひとつひとつの断片が鮮やかに現れてくる。姉のウォルミが、朝日に照らされて髪を梳いていた姿に、子ども心にも、こんなに美しい形、そう、人間ではない、人形のような気がしたもので、うっとりと見つめていた。その人形が声を発した時にも、かすれて低いが、歌うような、リズムに乗った声であったのはまだウォリの耳に残っていた。しかしその人形は倦怠をただよわせていた。生きていること自体に疲れていた。

そんなある日、ウォルミが声もなく泣いていた。細い首を垂れて誰かに話しかけている。しかし、そこには誰もいなかった。吐き気がする……なにもかも厭。ああ、なんで生きていかなきゃいけないんだろ、ああ……。その声がウォリの耳に残っている。今は元気なスナニが、やがて、母親のウォルミのように世を投げだしてしまうようになるのだろうか、とウォリは、闇の中に眼をこらしてスナニの方を見た。

大阪中部の淀川沿いに、大雨ともなると流されそうな中の島があった。そこを人は竜宮と呼んだ。側を省線が走り、その鉄橋からも中の島が見えた。竜宮と呼ばれたそこに行くには、鉄錆の目立つ線路をまたぎ、木橋を渡る。元は船頭の休息所であったところだった。済州島から渡ってきた巫女は、そのたたずまいや川に故郷を見た。廃屋に近い平屋に祭壇を構えクッ（お祓い）を始めた。入口には、犬が二匹、繋がれていた。なんでも、淀川を辿ると、済州島の兎山村の海につながって、神さまが降りてくるのだと信じられていた。

春とはいっても花冷えの昼さがり、ウォリはスナニの手を引いて、その竜宮に来ていた。犬は牙を剝き、よだれを垂らして、ウーッ、ウーッ、と吠えた。済州島にいた頃に知りあった巫覡が、密航してきたウォリたちを築港に迎えてくれ、その日のクッに誘ってくれたのだった。

クッの準備で戸は開け放たれていた。ポンポン船が行き交っている。水端には、間近にクッがあったのか、まだ目新しい燃えカスが黒い塊になって残っていた。クッの終わりには、紅白の生地や疑似紙幣が巫女の手によって燃やされる。また、ダンボール箱を舟に見たて、供え物を川に流すが橋桁の辺りで沈んでいくのだった。今日も同じことがくりかえされる。

この竜宮に住み、修行を積む巫女は、片方の頬が縮んでいるために、異様な雰囲気をおのずと醸していた。スナニはあまり何事にも驚かない性格だったが、他国であるということと、巫女の顔を見て、金縛りにあったように棒立ちになっていた。

その巫女にはある伝説が語られていた。

昔、済州島で、巫女の先祖は海女をしていた。その海女がある日、いつものように潜っていると、気を失ってしまった。海女が深海の底に辿りついてみると、眼も覚めるような極彩色に色どられた門があったという。いつもの暗い海の底ではなく、色とりどりの魚や、バカでかい口をもった魚などが微笑みながら門の周りを泳いでいた。そこへ誘われた海女が更に進んでみると、門の中から王子のような若い美男子が出てきて、海女の手を取り出迎えてくれた。海女はそれから何年も手厚くもてなされ、夢のような暮らしを続けていた。しかし、夢が覚めてみると、気を失った場所から十二キロも離れた浜辺に横たわっていたのだという。その時から海女は霊感を持つようになり、その浜辺は霊の場所とされた。ある日、巫女になった海女が浜辺で湧水を汲もうとして、水に映った自分の顔を見て驚いた。左の頬が耳のうしろの方にまで届くかのように引き攣っている。誰の顔か？　あまりの変貌ぶりに驚いた海女は、後ずさりながら、また、怖々水をのぞいた。そして、頬に手をやるしぐさに、まぎれもなく自分であると確信した。唇も左は空洞のようにあいている。瞬きを忘れたように自分の顔を見ている海女は、キッと眼を瞠った。すると、ひとすじ、涙が落ちるのと、放物線を描いて涙を飛ばすのとが同時だった。

今、その庵に居る巫女は、海の底で孕んだという祖母から数えて三代目だというが、伝説の海女と同じく、左の頬が歪んでいた。

ダダンダダンダン、カーン、カーンと楽巫が楽器をたたいて、音合わせをしていた。

ウォリはスナニの手を握って座敷の隅に座った。寺の賄い婦が白い息を吐きながら、湯気のたった洗面器をウォリの前に置いた。

賄い婦は、わらびのような枯れた息をしながら、手を洗うように言った。

ウォリとスナニが手を洗面器に浸けると、指や手のひらがジンジンとしてきた。ふたりは、思わず顔を見合わせて、首をすくめて笑った。そうしている内に、むずがゆくなってきた。すっかり温まった手を頬にあてていると、次に賄い婦は、小豆粥を持ってきた。ふたりは、また、顔を見合わせてゆっくりと匙を運んだ。

しばらくそうしていると、風呂敷を背負った、見るところ、四十代くらいの女がやってきた。いや、髪がまだまだ黒々としていて、顎の張った顔に皺が少ないのを見るとまだ若いのかもしれなかった。この頃の済州道出身の女に共通した骨太の女だった。女は荷を台所に置くと、髪の乱れを気にしながら両手で髪をなぞった。座敷に入ってきた女は、あぐらの巫女にむかって、居住いをただすかのように正座をし、頭を下げている。

「アイゴ、シニム（神さま、巫女に対する尊称）。ご機嫌いかがですか、今日はよろしくお願いします」

頭を垂れた女は、おもむろに、祭壇ににじり寄った。女は、慣れた手つきで、祭壇にこんもりと盛られた生米やナムル（わらびなどのおひたし）、干し魚、豚肉の皿の下に百円札を挟み入れた。女にも手洗い用の湯があてがわれ、小豆粥でもてなされた。しかし、女は小豆粥には手をつけず、ひたすら身もだえするように、おじぎをくりかえしている。すでに、半泣きの状態になっていた。

楽座にいた男が鉦を打った。続いて、チャングを抱えた男がドンタクドンタクと打ち鳴らし、小巫女を従えた巫女が座敷を回った。

「アイゴッ、オッオッ。ハヌニム（神さま）、なんで、わたしのパルチャ（宿命、運命）はこうも酷いのですか！」

小巫女が鈴を鳴らしている中、巫女は、カンサンギを振りながら、女に聞いた。

「チバン（出自）はどこな？」

「大静（兎山村に近い所）です」

「アイゴ……！　語るもつらい、アイゴッ、オッオッ。先祖が洞窟の中で死んで、その魂がいつまでもぉ、いつまでもぉ、さ迷っているのが見える」

巫女がそう語ると、女は、声をあげて泣いた。

スナニは、もじもじと落ち着かなくて、クスッと笑いかけ、ウォリを見た。素直でないスナニは、深刻な時に笑う癖がある。ウォリは、眼をつぶり、じっとしている。

「アイゴ、ハヌニム。炭鉱にチョーヨーで取られた亭主が帰ってきたもののぉ、アイゴ……。肺病で死んでぇ、一銭の金もないからぁ、リヤカーで積んで……」

そこまで言った女は、ささくれた畳をこぶしで叩きながら、もだえた。女は、涙と洟を手の甲でシヤーッと拭った。それでも、まるで水袋でも抱えたかのように、涙の粒はとめどなく落ちてきた。

「アイゴッ、ハヌニム。野辺送りもなにもぉ、あたしは、年老いた母親と、リヤカーで火葬場にまで持っていって焼きましたよ……。あの世に行くチャビ（車賃）もなくてぇ、亭主は、うろうろしているんです。炭鉱に行って帰ってからすぐに死んだ亭主の魂をッ、どうぞ鎮めてくだされぇ、アイゴッ、ウッッ」

巫女は、おもむろに女の前に膝をついた。そして、女の肩といわず、背中、胸をさすり始めた。経を唱えながら、リンパ節を繰り返し、繰り返しさすった。すると、それと連動するように、女の呻きは一層強くなり、涙がポトポトと落ちていった。


スナニは、むくれていた。顎をあげて、わざとふてくされたように、唇をゆがめている。道案内の巫覡が、この竜宮で修行がてら、住まわせてもらったらどうか、と言うのだった。いまいましそうに巫覡とウォリとを交互に睨んでいる。スナニは、日本に渡ってきたのに、邑に居る時と同じように女が嘆き悲しむのを見て、持って行き場のない怒りに、それを怒りとは気付かず、ただいらいらしていた。

「ふん！　どこに行っても、泣くことばっかり。ああ、厭だ、厭だ！」

「おまえはどうして、かわいそうな人を見ても同情すらしないの？」

ウォリは、スナニを咎めるように言った。しかし、当の本人は、

「あたしの方がかわいそう！」

と言ってきかない。

「おまえは、そんなことをこっちの家で言ってたら、あっちの家に行っても幸せになれないよ」

「あっちの家って？」

「ご先祖さまのいる、あの世の家だよ」

「アッハッハッ、あの世の家って、本当にあるの？　あたしはそんなこと信じない。バカみたい」

「そんな風に思ってはだめだよぉ。人は望んで生まれてきた訳でもないし、望んで苦労を背負う訳でもないのよ。でもね、人は皆、生まれてきたことに意味があるの。おいしい物を食べて、きれいな服を着て、そんな欲ばかりはって、自分のことばかり考えていると、ご先祖さまが怒って、入れてくれないよ」

「ああ、厭だ……。サムチュンの言うことは、いっつも説教臭いんだから」

ウォリは、今にもどこかへ飛び出して行きそうなスナニを見ていた。ウォリは、流されていくようでいて、なかなかにしぶとく生きていく術をわきまえていた。それは勘によるものだったが、ウォリの純真な眼やまっすぐに素直な性格に接すると、人が本来持っている、純な心を呼び醒ますような力があった。

(二十八) 死と再生

戦災をまぬがれた村に桃の花が咲いていた。芳しい香りが畠一面に漂い、アカシアの木から黄色い小花が穂になってぶらさがっている。野生のグミの実を食べている童たちがいた。ウォルゲは、ふっと足を止めて、その子らを見ていた。済州島の春は、雪が溶けると一気に重苦しさから解放される。ここ、兵庫では、雪はまれで、ゆっくりと春がやってくる。人の気質もどこか、のんびりとしているようだ。済州島の春は突然のようにやってくる。吹雪と積雪から解放されたかと思うと、辺り一面に青い芽がふき、菜の花の黄色に染まっていく。この振幅の激しさは極端から極端へと流れ易い。それは、ウォルゲの性格にも表れていた。陰陽さまざまな影響を受けて、変化を求めてしまう。ウォルゲは、そのことに気付いてはいないが、かげろうのような陽ざしに大きくため息をついていた。

川沿いには竹林が続いている。谷の奥の方から突然、のどかな風景を一変させる、辺りを切り裂く悲鳴が聞こえてきた。橋の上で金縛りにあったように立ちどまっていると、ウォルゲを押しのけて、何ごとかと色めきたった童たちが声のする方に走っていった。小さな木橋の上から谷を覗くと、竹林から、悲鳴をあげながら、浪人が逃げてきた。刀を振りかざした追っ手が、水しぶきをあげて男を追っていた。光がその情景を追っていた。ウォルゲは刀が光に反射してキラッと光るのを見て、自転車を川に落としそうになった。

橋の上を何人かの農夫が通った。彼らは谷の下を指さし、声も出さずに笑っている。その時、橋の下からカメラを載せた貨車がツウーッと出てきた。ウォルゲにもやっと理解できた。活動写真というものの話はどこかで聞いていたので、時代物のロケだということがやっと分かった。この辺りののんきな農夫たちは、手ぬぐいで顔をふきながら、それらを楽しむように喝采を送っている。

まだ明けきらぬ空には星がまたたき、冷たい北風が吹いていた。

この日は、逆瀬川の中州にある朝鮮部落に行く日だった。ウォルゲは、電車に乗るのを節約して自転車で大阪から神戸まで出て、山づたいに登っていった。帰りに、尼崎、淀川と寄って帰るのだった。大阪に着く頃には荷が半分になっている日もあれば、全部売れてしまう日もあった。自転車を漕ぐにも、その日は力がでなかった。胃もしくしくと痛んでいた。本当なら寝床からさえ起きあがれないほどだった。しかし、寝ていると、いつまでも涙が止まらず余計に気が沈んでくるので、思いきって仕事に出た。

五日前の早朝、その日は市内を回る予定で、ウォルゲはいつものように端切れを縫うために、まだ家に居た。戸を叩く音がした。近所に住む知り合いなら、戸を叩かずとも入ってくる。誰だろうか、とミシンの手を休めて戸口の方を見ると、ひとりの男が影になって立っていた。暗くて男の顔は判別が難しかったが、男もいきなり、外から家の中に入ってきて、暗さに慣れない様子だった。

「か……、金山、た……太仁……さんの、あのぅ金山太仁さんの」

ウォルゲは、二度目の言葉に息子の名前を確認した。ミシンの前に座っていたが、立ち、膝にたまった糸くずをはらうのも忘れ、戸口まで走ろうとした。しかし、ウォルゲの足はもつれて、重心が傾いた。咄嗟に手をついたウォルゲは、男の顔を下から見上げるような形になった。男は、厚い唇を開き、高栄八と名乗ったが、それは済州島言葉だった。ウォルゲは、瞬時に緊張がとれたようになって、警戒を解いた。じっと男の顔を見ていると、男は、

「北海道の炭鉱で一緒でした」

と言って、土間のたたきに座った。

「テイニは？　うちのテイニは……」

男は、顎を下げてうつむいた。

「実は……、北海道の炭鉱で一緒だったんですが、一緒に逃げた時に」

「そ、それで？」

「もっと早くに来たかったんですが、なかなか大阪まで来ることができなくて……。今、現場が天六なもので、前に、太仁さんに聞いていた住所を頼ってきました」

そこまで言った男はためいきをついてささやくような小さな声で話しはじめた。

「連れて行かれたところは、笹の藪に囲まれたタコ部屋でした。五年前の三月頃のことでした……。夜、まだ雪の残る寒い夜に、いきなり起こされて、仲間の死体を運べ、といわれました。ええ、その頃、落盤事故で毎日のように死人が出ていました。太仁さんとは作業班は違っていましたが、部屋は一緒で、寒いのでひとつ布団で二人分の布団を被って寝ていました。棒頭、ええ、幹部のことを棒頭というんですが、四人で運びました。トロッコで焼き場まで行くと、二十人くらいの死体が積んでありました。みんな、腕に番号を付けられて……」

男はそこまで言うと、また深く息を吐いた。

「明け方、あんまりな死臭に、眼からは涙が出るし、吐きけは止まらずで帰ってきました。そこで、太仁さんと布団の中で話したんです。俺らもいつか、棒のように痩せ細って、ああいう風になるぜ。どうせ死ぬなら、一かバチか逃げようって。それで、雪が溶け始めた五月の夜、棒頭がストーブの横で寝ている隙に現場の塀を乗り越えて走り、向かいの山に入りました。見つかると殺されるから山から出ずに歩き続けました。でも、笹竹が脚を切るのと、腹がすいたのとで、一度、山を降りて、一軒の家を訪ねたんです。そこで、太仁さんと意見が分かれてしまい……。家の人が、炭鉱から逃げてきたんだね、今、食べものを持ってきてやる、と自転車でどこかへ行った時、僕は、危ないから逃げようといったんですが……。三日もなにも食べていなかったし、太仁さんは、動く気力もなくなっていたので、僕ひとりで再び山に逃げました。それで丘の上からその家を見ていると、家の人が男の人を三人連れて来て、太仁さんを連れていきました」

男がそこまで一気にしゃべると、ハイゴ！　というウォルゲの悲鳴がした。

「ハイゴ！　神も仏もあるもんか！　アイゴ！」

「逃亡して捕まると、見せしめに、皆の前で死ぬまでリンチされます……」

「もういい！」

ウォルゲは、これ以上は無理だと思わせるくらい眼を剥いて叫んだ。

「確かなことが分かるまで、尋ねて来ることができませんでした。かわいそうに、あんな若いいい青年が……逃亡した者は、裏山に捨てられます。太仁さんも例外ではありませんでした。アイゴ……」

男も、暗い眼をして、ただ、座っていた。ウォルゲは、流れる涙と洟を手首で乱暴にぬぐいながら、

「ハイゴッッ……。アイゴ。アイゴッッ。息子の消息を知らせてくれて、感謝しますよ、アイゴッッ！誰が悪いかなんて、あたしにゃわからん！真っ正直に生きていたら、飯くらいは食べれると、あたしは信じてきましたよ。こんなあたしに、いや、いくら縁の薄い息子だからぁって、ハヌニムは、こんな酷い仕打ちをするのですか！アイゴ、誰が悪いんだあ！アイゴ……、誰があ、アッアッ……。国が無いって、こんなことだ、と、頭の悪いあたしにだって分かってきましたよ」

そう言ったウォルゲは、顎をあげて、唇をだらしなくあけたまま、ふらふらと外に出ていこうとして、気絶してしまった。

それからの三日間というものは、高栄八の証言だけを頼りに、遺体無きソンブッ（葬儀のような儀式）を執り行った。区役所に掛け合ってみても、戦後の混乱の中、飯場の確認さえできない始末だった。

ウォルゲは、この時から、なにかしら、自分ではどうしようもない大きな力に巻きこまれていくのを感じていた。決められた運命に逆らって生きてきたが、抗えば抗うほど、真綿で首を絞められたように苦しい。ウォルゲは、初めて、クッをしてもらうことにした。それも、テイニの魂がウロウロし

ていて成仏できない、という周りの意見に従っただけであったが。クッをするためには、かなりの費用がかかる。ウォルゲは、自身の体にムチ打つように出かけてきたのだった。また、もうひとつ、今までこの逆瀬川の飯場には寄りたくない事情もあった。いつも、ウォルゲが行くと、親切にすいとんなどをくれる、六十代の女が、しきりに縁談を勧めるからだった。

「アイゴ、姉さん。なんでそんなに働くの？　済州島の女は知恵がないねえ。女が働くと、男はあぐらをかくだけだよぉ。力仕事は男に任せて、女は頭を使わなきゃ、ね。女が髪をふりみだしてぇ、みっともないよぉ」

そんな時、ウォルゲは、はなから、男に限らず、ひとを頼るという意識がなかったために、いつも黙って笑っていた。しかし、自分のどこが悪くて、悲しい、つらいことが続くのだろうか、と疑問に思うようになってきた。いや、疑問までに届かない。投げやりに近い。生きていく意味が薄れていきそうになって、ウォルゲは、頭を振るのだった。

「去年、かみさんを亡くしてねえ、子どもはみんな独立しているし、男やもめ、といったって、まだ、五十だよ。アイゴ、ノカタ（土方）仕事はよくするし、いつも、家ん中には、米や味噌、胡麻など、いっぱい積んであるさあね。あんたは、身ぎれいにして、掃除、洗濯をして仕えたら、ぬくぬくとした部屋で過ごせるがね。ええ、ええ……。今みたいに、雨の日も風の日も、アイゴ、なんで、そないに働くかね。そりゃ、無学な男で無口だけどさあ、そんな男の方が……」

と、そこまで言った女は、声をひそめて、「へへへ、あっちの方はいいに決まってるがね、アッハッハ。サルリョムサリ（生活）ってさ、なあんにも考えない方が楽だってさ」

ウォルゲは、女の顔を見ながら、自分はなにかを考えるから、ひどい目に遭うのか？　と、頭を振った。

III

（二十九） 南里峠

「サルチョン（平安南道安州の政治組織。主に工場などで働く若者の政治教育を担当するが、裏では裕福な幹部や帰国者の家を襲って奪った物を貧しい人々に分ける義賊）が、出たらしいだ」

柿の木に一番近い角部屋に住む男が、ほんの少しうつむいて歩きながら言った時だった。水道で顔を洗っていたあばた婆さんは、一瞬、自分の耳を疑うかのように、顔をあげた。水が飛び散るのもかまわず、間髪いれずに男の耳もとでシーッと言い、歯のない唇を尖らせた。そして鋭い視線を周りに投げた。

男は背にこぶがあって、いつもせむしのように腰を曲げて歩く。腰を伸ばしたなら、きっと骨組みのしっかりとしていただろう農夫であることがわかる。腰が九十度に曲がったあばた婆さんとは、いつも顔の高さが同じで、つぶやきさえもお互いに聞きとれるのだった。男が小便壺を持ってあばた婆さんの横を通り過ぎようとした時に言ったので、あばた婆さんは慌てた。

「サルチョンだって？　あの、生活調整委員会（一九八〇年に平安北道にできたグループで、党幹部や金持ちの家を襲撃して、貧乏な人に与えたが、逮捕された首謀者は火あぶり、ふたりは銃殺、残りは強制収容所送りになった）の二代目かね？」

あばた婆さんにもその情報は入っていたらしく、囁くように言ったかと思うと、

「とっくの昔に、火あぶりにあったじゃないか。めったなことを言うんじゃないよ」

あばた婆さんはそう言って男を白眼で睨んだ。ところが、人の良さそうな、そう、ここに来るまでは鈍いが実直な農民にすぎなかった男は、眉をあげてから唾を呑みこんだ。

「で、でたらめじゃねぇ」

「誰から聞いたんだい？」

「き、きのう、む、むすめが来て言うのには、朝、起きてみたら、米と麦が置いてあったとよ。ほらッ、これだ」

男は一握りの麦をポケットから出そうとした。その手を抑えながら、あばた婆さんは、あいも変わらず、両手を震わせながらも、顔色ひとつ変えずに、

「もう、口からでまかせ言ってはいけないよ」

と言って男に麦パンを握らせ離れた。

ひとつ離れた部屋の入口で、石で即席のかまどを作り柴を燃やして小さな薬鍋をかけていた少年は、

そんなふたりを見るともなく見て、また視線を鍋に落とした。少年は、脳水腫のために肥大した頭をしていた。長い入院生活が彼の知能を停滞させ、今は、オウムのように人の口真似をする。この時も断片的にだが男の口真似をしてぶつぶつ呟いている。血の気のない顔をしているが耳だけが発達していた。少年の介護をしていた母親が長患いに就いた。今、その少年が、母親のためにと、朝早く里山から摘んできた、なにやら雑草に似た、役にたちそうもない草を煎じている。

里山に囲まれた盆地には田畑がひろがっている。その一角に、朝鮮戦争が停戦になってから十年後の一九六三年から順に、養老院が建てられていった。養老院は平屋建てで、低い屋根瓦は廂にかけて反っているのが特徴だ。棟は、柿の木を囲み、互い違いに建っている。それぞれが向きあうように前後は筒抜けになっていた。一棟には五部屋あって、鍵のない木の扉がついている。扉の位置は土間より二十センチほど高くなっていて、跨ぐようにして中に入る。土間は、コンクリートの場合もあるが、たいがいは土のままで、入院者はそこへ、木切れを渡したり、茣蓙を敷いて寝ている。

北の端には、座敷牢とみまがうほどに頑丈にできた、鍵のついている棟があった。そこは、天井が高く、窓は天井に近い場所にあるのみで、日差しの入らないせいで黴くさい。独房にもなるところだった。規則というものは、あってないようなものだったが、たまに、しゃべりだしたらとまらなくなったり、または、やたらと妄想にふけり、誰かれとなく摑まえては、殴りかかるような入院者は、その北の部屋に入れられる。一週間もしてその部屋から運よく生きて出てきた人間は、ぼぉっと、頭に靄がかかった状態で、一日中、直立不動の姿勢で、ぶつぶつとなにやら呟く生きた屍になっている。

背にこぶのある男は、肺を病んで余命いくばくもなくなった妻とこの養老院に入っていた。土をいじる以外に、なんの取り柄もない。先祖代々の下人（下僕）の家に生まれた。男には、百年も前の先祖に眼先のきく親類がいた。彼らは故郷を棄てて中国東北部の荒野開拓に出て成功していた。地主になった彼らは、まるで両班（地主、貴族）しか住めないような屋敷を建て自由にこの地との往来をしている。しかし、男は、そこへ辿りつくまでに死んだ幼子や年よりの話も同時に聞いている。そのせいか、本来の性格からか、稗や粟さえおぼつかない生活であっても、この土地を離れる気力は出なかった。

植民地から解放され、社会主義共和国になった年に男は生まれた。いつも母乳が足りなかったせいか、五歳まで母親の乳房から離れることができずにいた。更に、朝鮮戦争の時の飢餓が男の知脳の発達を止めてしまった。ソ連と米国の空中戦と化した戦場は、国連軍の名の下、米軍のB29が日本の横田基地や沖縄基地から飛んで来た。そして、かつてないほどの親子爆弾を落として去った。逃げまどう中、母親が男を覆って銃弾を受けて死んだ。血の海の中、男は訳もわからずに泣き続けていた。泣いて血で眼を洗ったせいで、片目がつぶれた。やがて、休戦協定によって戦争が終わったが、焦土の中で頼れる身内のない男には、成長に不可欠な栄養を摂るどころか、生きているのが奇跡だった。人々が戦争のショックから立ち直れない時期に、いち早く人民委員会が設立された。そのうち、男も一人前の働き手に成長していった。村ごとの学習会が開かれ、意見を求められても、どもるばかりで一向に要領を得なかった。元来、言葉の発達が遅れた男にしてみれば語彙の乏しさをどうして埋めることができるのか。付いていけなかった。三カ年計画や五カ年計画やと、若い指導者が来るたびに、眼を丸くしていた。

男には、日の出とともに起きて、日没には眠くなる、そんな習性が染みついていた。風の音や木の揺れ、鳥のささやき、月の満ち欠け、肥え樽の熟成、それらが男の眼や皮膚に感覚を呼び起こすのだが、生来物事を深く考える性質ではなかった。村の指導者は、夜になるとやってきて、男の持つ才能を文字にして、皆に学習させよう、と男を鼓舞するのだが、そうなると、男は眠くなるのだった。それに、配給制度になってからは、以前のように、土に這いつくばっていなくとも食べていけた。制度が変わったのはわかるし、それがとてもよいことなのだとも理解するのだが、男にはとまどいがあった。しかも男は、自分のことを馬鹿だと自覚している。が、なんの先入観や偏見をもたずにいる男の観察ほど鋭いものはない。声の抑揚、顔の表情ひとつで、嘘か誠かの判断ができる。だからといって男にはそんな自覚はない。一切の無駄口をきかない男が口に出すことがらは、どれも後になってみると誰もが納得するのだった。月に一度の割合でやってくる男の娘は、わずかなとうもろこしを挽いた粉と芋をたずさえてくる。それはどれも、妻とその看病をする男の命綱なのだった。

養老院の創立当時からしばらくは、一日に三度、ワカメなどの一汁と一菜、そして、主席の誕生日などに、豚肉やあひるの肉が配給されていた。しかし、一九八〇年頃から三回が二回に、そして一回に減らされていった。一九九三年から二十一世紀になったばかりの今は、とうもろこしさえ当たらなくなっていた。家族のいる家庭では、アパートで静かに死の時を待つのだが、男もあばた婆さんも家を持たず、ここへ収容された。養老院とは名ばかりで、薬の買えない病人や家族のいない者の捨て場所なのだった。

一九九〇年になって度重なる洪水や冷害、そしてソ連の崩壊によって食糧援助が途絶えた最悪の頃だった。配給が止まると、畑に出て野菜を盗む者が出てきた。過去には、金日成主席自らの実地指導を受けた模範養老院であり、田畑は、将軍様の実地指導を受ける模範農場であった。犯人の老人は、人民のための食糧を盗んだ、ということで、厳寒の頃に北の部屋に入れられた。せんべいのように痩せたぜんそく持ちの老人は、セメントの床でヒー、ヒー、クワッ、クワッと弱々しい咳をしながら、痰を喉に詰まらせて死んだ。独房に入れずとも、どれほどの時がその老人を生き永らえさせただろうか。しかし、その時、誰ひとりとして、仮定の話と考えることはできなかった。よしんば、心の底で、みせしめにせずとも死ぬものを……という思いがよぎったとしても口に出すことはなかった。老人はカチカチに凍っていて、床から剥がすのに難儀したという話が伝わっていった。裏山に埋めようにも、穴を掘ることができずにいた。屍は春になるまで石炭置き場に捨て置かれた。実際、正義や真実がどこにあるのかわからない。その頃から塀が築かれ、鉄扉がつくと、養老院は要塞のようになった。

門扉の上には、アーチ型のスローガンが掲げてある。

「将軍様に続いていけば百戦百勝！」

毎日、あばた婆さんは無表情にそのアーチをくぐる。あばた婆さんにはカナというれっきとした名があったが、いつの間にか、養老院でも外でも、皆は名を呼ばずに、あばた婆さんと言った。あばた婆さんは、この地では長生きの部類に入る六十二歳になっていた。その名の通りの顔の、右半分から首にかけてケロイド状に皮膚がひきつり、右眼は義眼になっている。左眼は、バセドー病の徴候からか、額より前に眼球が飛びだしたようになって、その白眼はミミズのような血管が伸び縮みしていた。あばた婆さんは唯一、養老院の内外を許可なく行き来できる存在であった。急な要件の折りには、いつ訪ねてくるかも知れぬ役人を頼るより、このあばた婆さんが役にたった。

あばた婆さんは、畑に入って野菜を盗み独房で死んだ老人がいたという頃、村の男と世帯を持っていた。娘ひとりを産んで、平凡ながらも夫婦共、愛国心になんの疑いももたぬ労働党員だった。あばた婆さんの夫は、その時、凍った屍を、まるで冷凍まぐろかなにかのようにして運んだ三人の内のひとりだった。それからというもの、あばた婆さんの夫は酒に酔うと、独房に入れられて亡くなった老人を悼んで泣いた。

「アイゴ……、世の中がどうなったからといって、野菜を盗んだくらいで、人間が魚みたいに捨てられた。……アイゴ、あの爺さんはどうしたって、眼がカッと剝いたままでよぉ、アイッ、腐った魚のようだったが。いつも、運んだ時の、カラカラ、カラカラ、という音と、爺さんの力のないヒー、クワッ、クワァッいう咳をする声が耳にこびりついてぇ、あの顔が夢に出てくるさ……。これが人間のすることかぃ。……アイゴッ、祟りがなけりゃあいいがのぅ。新世代になったとて、人間の生きる道は同じだろうが」

嘆きが昂じて幹部批判となった。すると、どこに密告の眼と耳があったのか、ある夜半に突然、一家は管理所に入れられた。夫は最も重い一区域に入れられた。

春浅い日だった。陽があがってきた昼前、中庭の雪が解けかけてぬかるんでいた。そこへ虹が出た。新芽はまだ堅い。あばた婆さんと娘が入れられていた雑居房に、ジャランジャランと鍵束の音をさせた監守がやってきた。あばた婆さんと娘の名を呼んだ監守は、

「ナアオラ（出てこい）」

と言ってふたりを房から出した。廊下に出たあばた婆さんと娘は、眩しさにクラッとよろめいた。これから釈放されるのだろうか、と淡い期待にあばた婆さんと娘が眼を見あわせていると、腰を押されて廊下を渡り、事務所らしき部屋に入った。部屋の隅、壁ぎわにうずくまっている老人がいた。それが夫だと気がついたあばた婆さんは、思わず、アイゴー！　といってへなへなと座りこんでしまっ

た。一か月ほどしか経っていないはずなのに、眼の前にいるのは、いつも夫が語っていた独居房で死んだ老人を思わせるほどだった。骨と皮だけの、痩せて頬がこけ顔の輪郭までが三角になって、なぜか脚だけがむくんでいる夫だった。あばた婆さんと娘が呆然としていると、同じ思いなのか、夫の顔も、一見、無表情だったが、ふたつのにぶく光る眼の裂け目から強い光が一瞬放たれた。どちらも今の状態が信じられぬという表情をしていた。しかし、悪夢はそれ以上だった。娘が皆の前で衣服をはがされた。夫は気が狂わんばかりに、監守の持っていた刀を奪い、腹を掻っ切って果てた。

そのことがあって釈放されたあばた婆さんと娘だったが、娘は呆けてしまった。ボロをまとい、ガクンと頸を前のめりに倒して日がな一日歩いた。よだれは筋をひいて流れ、猫背なのに腹は突き出したようにしている。毎日、そうしてヘラヘラと笑いながらさまよって、幹部たちにおもちゃにされていたが、ある夜、村一番古いアカシアの木にボロを繋いで紐にしたものを通し、頸を吊った。あばた婆さんも気が変になるところだったが、すさまじいまでの形相で生き残る執念に燃えた。竈に残る飯つぶを拾う際に見つかり、みせしめに予熱のある竈に顔を押しつけられて火傷を負い、今のような顔になってしまった。それからは、ねずみを焼いて食べ、草をむしって生きのびた。しかし、生き延びてみれば、あばた婆さんのことを、油断ならない、と村人は噂するのだった。どうしてひとりだけ、生き延びることができるのかね。幹部に色目を使い、自分だけ生きたのさ。それでなくとも、表向き、幹部に睨まれた存在のあばた婆さんに、親しく近寄る村人はいなかった。一歩間違えば、自分たちもあばた婆さんと同じ運命を辿るはめになるからだった。

　あばた婆さんは、誰がなにを言っても放っておいた。乞食のようにボロをまとい、手脚は黒く、皮膚は堅くなっていた。背は曲がっているが、裸足で歩き、何か月も村を留守にして、村人が、あばた婆さんはどこかで野垂れ死にでもしたろうさ、などと噂する頃に、ひょっこりと現れた。その度に顔の皺は深くなり、あばたも黒ずんでくるのだが、眼の力は以前にも増して強い光を放っていた。あばた婆さんにはもう怖いものはなかった。通行証のいるピョンヤンは避けて、西海岸の南浦港まで歩いて行って帰ってくるのだった。列車に乗ると、旅行許可証がいるため線路伝いに歩き、途中、十ウォンで買った靴下二足を農村で玄米二キロに交換する。その玄米を南浦港で売ると、三倍の三十ウォンになった。しかし、あばた婆さんは、儲けたそぶりもしない。

　何日もかけて野宿をしながらの旅であばた婆さんを駆り立てているものといえば、港の開放感と情報だった。南里峠のある内陸と違って、中国からの荷受けや、欧州からの輸入品を運ぶ仲仕や、船から降りる外国人を見て、あばた婆さんは腰が抜けるほど驚いていた。港では、外国人を相手に、はまぐりのガソリン焼きというのが盛んに行われていた。幹部がどこまで采配しているのかわからないが、四面楚歌に似た、逃げ場のない鬱屈とした環境だった南里峠とは、あきらかに違っていた。これが、同じ国の同じ制度の同じ人間なのか、という発見があった。ガソリン焼きをして客引きをしている店と店の間を九十度に腰を曲げてそっと歩き、ゴミを拾うあばた婆さんに、どこからか、あばた婆さんの裳にからめて、はまぐりをくれる人があった。少し焦げてしまった、商品にならないものだったが、人の情けがあったことに驚いてふりむいた。しかし、言葉にしてはいけない雰囲気がそこにもあって、一瞬の眼くばせで感情は消えた。あばた婆さんは、心の中で大いに感動を覚えながらも、決して心を許してはならぬことを悟っていた。みなしごが乞食と化した子どもたちは、そのつど追い払われていて、あばた婆さんとて例外ではなかった。それでも、目端の利くあばた婆さんは、ここで存在感を増していった。

ある昼さがり、中年の女がはまぐりのガソリン焼きを売っていたが、脂汗を流して、肩で息をしていた。喘ぐようにして、ちょっと店番をしてくれませんか、とあばた婆さんに頼んだ。要領に詳しくなかったが、あばた婆さんは女の代わりに店に座った。夕方になって、管理をする幹部がやってきた。幹部は五十歳くらいの労働党員らしく、黒の上下を着て背をピンと伸ばしていた。あばた婆さんを見て、うさんくさげに睨み、オッホンと咳をした。するとあばた婆さんは、

「アイッ、ミョヌリ（嫁）はすぐに帰ってきますだ。アイゴッ、ソンセンニム（先生）。少し休んで行かれたらどうですかの」

と言っておちょこ一杯くらいの焼酎を物陰から差し出した。

「ミ、ミョヌリだと？　いつのミョヌリかの？　どこへ行ったと？」

と言いながら、男はすばやく、うしろ向きに焼酎をぐいっと飲んだ。手品のようだ。

「へぇ、ちょ……、ちょっと用たしに……」

「ふん、まだ、中央には報告せんでもよかろうて」

男は、ぶつぶつと呟きながら去っていった。それでも、どうしたものかとあばた婆さんが思案していると、女が帰ってきた。女の顔はまだ青白いものの、痛みはとれたらしい。

「アイゴ、オモニィ（お母さん。実の母でなくとも老婆をこう呼ぶときがある）。どこのどなたかも知れずに、番を頼んですみませんでした。助かりました。この場所を待って狙っている人はたんといるものだから……」

と言った女はこれ以上の話は無用とばかり、口をつぐんで後片付けをした。

あばた婆さんは長年の習性からか、本来の性格か、あっさりとしているところがある。拍子ぬけするほどに、簡単にその場を離れた。すると、女は、あばた婆さんの裳を摑み、

「オモニィ、どこか帰る家はあるのですか？」

落花生をひとつかみ、あばた婆さんの手に持たせながら囁いた。あばた婆さんはしかしこの時、せっかく衣服を長持ちさせようと苦心し、なるだけ皺にならないよう、汚さないようにしていたのに、今、引っ張られてどれだけの損失かを算段するのだった。真冬にしか履かないコムシン（ゴム靴）も靴底全体を同時に地につくようにして歩いていた。そうすることで、擦り減り方を減らし長持ちさせていた。なるだけ、ゆっくりと、もちろん、あばた婆さんはゆっくりとしか歩けないが、足首の捻挫など

にも最大限の注意をはらっていた。顔が渋くなった。

「アイッ、どこなと、ありますだ。あんさん、苦労しとるのぅ……。わしにはわかるよ。セデジュ（所帯主。亭主のことをそう呼ぶ）でも病気かの？」

「ええ……。肝臓を悪くして、アパートで寝てます」

「あんさん、キーポ（帰国者）じゃな？」

「これだから……。どうしてわかりますか？」

「そんなことくらい、長いこと生きりゃあ、わかるさ。な、さあ、しっかりやんなせえ」

そう言った途端、女は、咳きこむようにしながら、

「アイゴッ、オモニ。後生です。日本につてがあるなら、直接、日本にいる弟に手紙を渡してもらえませんか？」

「つてなどある訳ないじゃろ……。そうだし……。めったなことを口にしちゃあいけんぞ。なッ」

「ええ……。それはわかってますが、オモニ、また来てくださいね……、きっとですよ」

あばた婆さんは、手をはらいのけるような振り方をしてその場を離れた。養老院がいいという筈がなかったが、さりとて、この女のところへ潜りこんだところで、先は知れていた。病気で伏せている男の世話が関の山だろう。それなら、慣れた養老院でそのまま生を閉じる方がいいに決まっていた。

あばた婆さんは、乞食のような格好でうろついているが、養老院にいたウォルゲにもらった金をパ

ジ（裳の中に着るズボン型下着）の中に縫いつけていた。いつの日か、この地から抜け出すおりに、きっと役にたつ、役にたつ、と信じていた。だから、あばた婆さんは四季を問わずパジを脱がなかった。

養老院が建ってすぐに、帰国者のウォルゲが入ってきた。日本からの帰国者がこの、うば捨て山に例えられる養老院に入所するのは珍しかった。建ってすぐの頃は理想的な施設をめざしていた。それでもまだ、身よりの家族がある場合には、よほどのことがなければ入所せずにいる。ウォルゲは、一緒に渡ってきたスナニがピョンヤンの招待所で通訳の特訓を受けはじめると、この南里峠にと派遣された。

スナニは歳こそ若ければ、金日成宮殿で働くこともできたが、頸や手脚が長く、抜けるように白い肌が幹部の眼にとまり、朝鮮語の家庭教師がついた。そして、その代わりに、若い女性に日本語や日本の習俗から歩き方、喋り方などを教える任務が課せられた。スナニは、やっと自分が認められ、特権が与えられそうだと、活き活きとしだした。誰もその笑顔からは、冷ややかな性格を見抜けなかった。容姿もさることながら、スナニが部屋に入ると、まるで電気が点いたかのように、場が華やかになった。声が軽いアルトであることも幸いした。ゆっくりと、視線を定めて歩くと、尻軽女ではなく、情緒の安定した烈女に見られた。スナニはウォルゲのことなど忘れたかのように、のめり込み、半年も経つと、朝鮮語も難なく操り、見事な通訳になっていた。当時、日本共産党から派遣されていた「赤旗」の記者などは、スナニが日本生まれだとは信じなかった。その記者がすり寄ってきてもスナニは撥ねつけた。スナニにとっては、一介の記者などは眼中になかった。権力のみが魅力なのだった。人が皆、平等であるなどとは、ハナから信じていなかった。自分を産んだ母親が両班（貴族、地主）の妾になったという話を聞いた時にも、自分は決してその二の舞は踏むまい。この滑らかな肌や美貌を武器に、男の上に立とうという野心を密かに持っていた。

国の命令は絶対で、この農村にやってきてみると、ウォルゲは初めて、鎖に繋がれた自分の未来を感じていた。いや、船が清津港に着いた時にその予感はあった。雑然としていたが、生きるエネルギーに溢れていた日本と違って、港に佇む人は一様に暗く険しい表情をしていた。衣食住足りて、地上の楽園だと聞いていた。ウォルゲは、頭から楽園説は信じていなかったが、済州島でも日本でも、乞食でさえこんな飴色に焼けて異臭を放ってはいない、と思った。ウォルゲは瞬時に悟っていた。今まで、いろんな場所でさまざまな仕事をやってきたが、思い通りに移動さえ叶わない制度に、自分とて例外ではなく、今までのようにはいくまい。自分の意志で人生を切り開くことの難しさを覚えていた。どうして、こんなところへ来たのか、……と思っても後の祭りだった。

ウォルゲは胃を患っていた。背を丸めて痛みをこらえるのだが、勝手に喘ぐ声がでてしまう。その頃は、養老院と外との出入りは自由だった。胃が絞るように痛み、背を丸めたウォルゲは、大根を齧ろうと畑に降りた。ウォルゲは腹を押さえて村人に声をかけた。しかし、かぼそい声は村人に届かず、また届いたとしても、大根一本動かすのに、何回、幹部の許可がいるのか途方もなく、村人が耕作したとて自由には抜けなかった。ウォルゲは畝に入ろうとして、畔で転んでしまった。その時大腿骨を折ってしまった。村人は遠まきにウォルゲを見ていたが、余分な労力を使うと腹がへって困るのか、カエルのように座っている。ウォルゲが仰向けになって起きあがることもできずにいると、労働奉仕を終えて帰宅途中のカナが通りかかった。カナは、若い情熱をもっていた。カナは、ウォルゲの体をかかえ起こした。

「ハルモニ（お婆さん）、ここの養老院の方ですか？　どうしました？」

うなずくウォルゲを部屋にまで連れてきた。それからのウォルゲは、寝たきりになってしまった。しかし、ウォルゲは生きる気力を失うどころか、最期を自覚した人間だけがもつ凄まじいまでの執念を見せた。眼はつりあがり、怒気を含んでいた。唇には殺気をたたえ、般若のような形相になった。そして、早朝、深夜を問わず奇声を発したり、低いうなり声を出した。ウォルゲはただちに狂った者として捨て置かれた。わずかにあった給食も断たれた。

カナはその時、意外にもウォルゲにより深く接しはじめた。カナは人に隠れて二、三日に一度、粥や水を持ってきた。カナは、横たわったままのウォルゲの喉を湿らせ、粥を口にそっと流した。そして、垂れ流しになっていた糞尿を始末してから、ウォルゲの尻をふいて、全身をもふき清めた。

そういったことが一か月ほど続いたある日、

「チャネェ（あんた）……。なんで、あたしのことを？」

ウォルゲは痛みをこらえながら、頸をまわしてカナをじっと見つめた。皺だらけになったウォルゲは、まるで骨格標本のようで、骨に薄い皮がはりついただけの、全体にくぼみの多い体になっていたが、若い頃に、荒々しい海で鍛えた骨はがっしりとしていた。しかし、この一か月で顔が半分ほどに縮んでいる。頬をりんごのように染めたカナは、

「イルオップソヨ（なんでもないですよ）」

唇をキッと結んでウォルゲの耳もとで囁いた。実は、カナも家族の者に養老院への出入りを止められていた。しかしカナはそれまでにも、養老院での仕事を手伝っていた。雑草とりや、ゴミ出しなどで、その都度、隙を見て、ウォルゲの部屋に入っていった。

「ハルモニ（お婆さん）、……日本の話をして……」

ウォルゲはじっとカナを見た。

「なんでだい？」

「だって……、ハルモニは済州島で生まれたんでしょう？　なのに日本くんだりまで行って、どうして今、ここにいるのか、不思議じゃない。それに、ね、……日本帝国主義者って、刀で首を切るんでしょ？　残酷な民族だって教わったから……、ハルモニは見たことがあるの？」

ウォルゲは、また、カナの顔をじっと見つめてから、頸をまわして天井を見た。

「そうかい。……首切りなんぞ、知らんさ。なにもかも昔のことさ……」

ウォルゲはそう言って力なく笑った。

ウォルゲは、その時、済州島から牛島に渡ったあの日の感覚が動かない手脚に感じられた。頭に風呂敷包みを乗せ片手で水を掻き、必死に泳いでチョネ婆さんの舟にあげてもらった。その時、ふりかえって済州島を見て、同じ海なのに、まるで境界を引かれたように感じたことが蘇ってくるのだった。ウォルゲの運命が大きく変わった。が、潮が満ちてきて、海の底でウォルゲは苦しげに息をつめている。また、夢を見たと思った。ウォルゲは、この世とあの世の境目は、海のようだろうか、と考えていた。今ではどっちにいても同じこと。自分の力で眼に見えないしがらみを切り捨て、生き方を探ってきたが、もうどうでもよくなった。眼をつぶっていると、遠くに岬が見える。ウォルゲは、トンと深い眠りに入っていった。遠くなる意識の中で無意識に闇の中を探った。すると、雨の日に激しく流れる逆瀬川のドードドー、ドッドッドーという音を耳鳴りのように聴いていた。

（三十）　逆瀬川

六甲の小笠峠から武庫川まで、山の斜面を急ぎ下るように逆瀬川は流れていた。

ザザー、ザザーという音は絶えることもない。山の傾斜にしがみつくように平屋がちんまりと建っている。山ゆりが群生し、畑にはなすびがふぐりのように垂れさがり、枝はしなっていた。豪雨になって一層、川の流れが激しくなっていった。ドードドー、ドッドッドーと音をたてて川水が溢れると、小さな家もろともごみのように流れていきそうだった。

「アイッ、ワーウノ？（あれ、なんで泣く？）」

四十ワットの裸電球の周りを蚊と蝿が飛んでいる。ブーン、ブーンと音をたてるので寿吉はいらいらをつのらせて言った。人を殺すのに刃物はいらぬ、三日も雨が降りゃ、と言う通り、降り続く雨が今日も彼の頭痛の種だった。こんな日には、朝鮮人部落で花札博打をするのだが、寿吉は見向きもしなかった。そのせいで、この部落で彼はまじめ一方の堅物で通っている。寿吉は五十五歳になっていた。ぶつぶつとひとりごとを言っている。彼は自分の体の調子や健康について異常に心配するヒポコンデリーの症状があったが、他人については冷淡であった。他人には身体に痛みを覚えることなど想像することさえなかった。彼はキセルに煙草を詰めながら、

「アイッ、ワーウノ！」

ポンと音をたてて、煙草の葉を調整する伴奏のようにしてまた言った。ウォルゲを後ろ手に縛って折檻しながら、心のうちは笑いたいのだが、わざとしかめっ面を作った。寿吉にしては、この済州姥がおもしろくてならない。

前妻は病気で死んだことになっているが、実のところ、彼の密かな趣味に絶望して、十六歳になった娘を嫁がせ、自ら睡眠薬を飲んで死んでいた。彼は妻のこのような死の後、自分に自分が答える形式でずっと、妻の死の意味を語りつづけるのだったが、肝心な点になると、つまり、自分の責任となると激昂し、そんなことがあるもんか！　と言いながら、物を壊すのだった。ひとしきり、暴れてから、その場に突っ伏して寝てしまうのだった。

俺の稼ぎをあてに生きている奴め、という意識が寿吉には拭いがたい。李大王の末裔の俺さまが、なんでこんな土方仕事に明け暮れ、おまえのような海女くずれを養わにゃならんのだ。おい！　返事をしろ！　この強情な女め。なにぃ？　あたしゃ、自分で稼げるさ、だまされたんだよ！　だとぅ！クッ、クッ、ククク……。おもしれぇ。どっちが先にくたばるか、やってみようじゃねえか。

彼は幼い頃から、カエルを摑まえては足から身をひきちぎり、へっへっへっと笑う性格だった。

夜半、妻を縛り、それを見ながら焼酎を飲むのだった。声を出せないように猿ぐつわをしていた。男に、生きていくのに絵や音楽など腹の足しにもなりゃしねぇと言われてみれば、なるほど、そうかもしれない。しかし、無かったら、生きている意味も喜びも確認しあえない、ということが男には分からない。美意識など持ちだそうものなら、眼を剝いて言うだろう。俺さまには、親もなし、誰の助けも借りずに今までやってきた、と。

男は大きく頑丈な体をして、砕石運びや、沖仲士の仕事など、立派にやりとげる。しかし、音楽を聞くこともなけりゃ、絵を観たり、映画を観たりすることもない。男にとって、疲労を癒してくれるものは、自分より弱い者、幼い者をいたぶることだった。しかし、そうしていたぶった後、人が変わったかのようになる。ウォルゲの、縄で縛られてズリ剥けた手脚を舐めるのだった。そして、おいおいと泣きながら、

「おい、おまえは、なんでそう強情なんだ。早いこと降参すりゃ、ここまで痛むこともねえんだ。ん？」

ふん、酒ぐせの悪い奴め、いつか逃げてやる。そう思っているが、声には出さず、ウォルゲは伏せていた。

ウォルゲは、テイニを失って、その魂を静めるよう勧められお祓いをした。その時の占いで、西に行けば新しい生活が待っている、と巫女は言った。それを信じた自分がバカだった。行商に来ているうちに、仲をとりもつ部落の女の言葉を信じてしまった。無気力になっていたウォルゲは、一度、家にいて稼ぎを待つ生活をしてみてもいいか、と思ったのだった。ウォルゲは魔がさしたと、唇を噛んだ。なるほど、ここ陸地人の生活はウォルゲにとって新しい発見の連続だった。人に頼るということを知らなかったウォルゲにしてみれば、食いぶちを待つという生活は初めての経験だった。それが、家内という檻だと気づいたのは、生活を始めて三日もしない頃だった。主婦の掟があった。ウォルゲはここでは新参者だった。しかも、済州姥は働くことしか知らぬと思ったかどうか、部落中の年長者の毛布からパジ（ズボン下）まで洗え、と山のような洗濯を課せられた。そして、女は冷や飯を食べろと

言うのだ。それが終わると、鍋、釜をピカピカになるまで磨く仕事が待っていた。はじめが肝心という訳か。

ウォルゲは、ある夜半、寿吉のズボンから金を抜きとって家を出た。しかし、道に迷い、山を降りるまでに捕まってしまった。

（三十一）　再会

時間は一年遡る。

かげろうのように、生温かな陽がさして、辺りがぼんやりとしてきた。ウォリがいつものように、よもぎとセリを摘み、土手から上がって竜王宮のある橋の下に来た時だった。一瞬、眼の前が真っ暗になった。ウォリは、めまいがしたのかと、額をおさえ目をつぶった。すると、真っ暗なはずの網膜に、直立に立っている蛇が現れた。ウォリは驚いて駆けていき、ささくれた引き戸を思いっきり強く閉めた。キメ（人型に切りとった紙）が揺れた。金色の仏像や極彩色の祭壇、そして垂れ幕の中をぬって蛇が這っていった。青い布地がそのたびに揺れ、赤や朱、黄の文字が歪むと、蠟燭の灯が消えた。香木の煙が部屋いっぱいに充満していくと、いつかの真っ赤な炎に巻かれ、洞窟に逃げ込んだ記憶が蘇ってきた。ウォリは、気を失った。

それからのウォリは、一段と不眠が進んだ。何日も眠れないでいると、霊がやってきた。そんな時は、必ずと言っていいほど鴉が群れてけたたましく鳴いている。春嵐が戸を叩いていた。死霊と生霊がせめぎあうかのようで、ウォリには、それぞれの声が聞こえた。夜になると、死霊が呼ぶのか、ウォリはふらふらと川辺を歩くようになっていた。ウォリは痩せて、頬がこけ、傍に寄らずとも饐えた匂いを周りに放ち、ギラギラとした眼をもつ乞食のようだった。ウォリの意識は漠然としていたが、どこかで覚醒するのか、キッと眼をむき奇声を発することがあった。その日も、薄ら笑いを唇の端に浮かべながら歩いていると、

「ここに限らず、至るところに、生きている人の霊と、死んだ人との霊が混ざっている。本人は寝ているのに、死んだ霊にひっぱられて、生きた霊が泣いている。早く、早く、さあ、死霊と生霊を分けてあげなさい」

と、囁く声がした。声の方を振り向くと、白い鬚を腰まで垂らした爺さんが立っていた。眼は鋭く、低いがはっきりとした声で言った。しかし、彼は一瞬の間に、それだけ言うと消えた。ウォリはあいかわらず、夜になると、川辺に引き寄せられるようにして歩いていた。すると、爺さんになりかわったかのように、神の声がした。

「この竜王宮の入口をふさいではならぬ。済州島からの霊を迎えねばならぬのだ」

毎月、一日と十五日になると、竜王宮には多くの済州島出身の女たちが、供え物やお金をもって来ていた。十五畳ほどの板間にいざるように入ってきた女たちは、首をすくめながらふろしきをほどき、アルミの皿に、魚やナムル（わらび、豆もやし、ホウレンソウなどのおひたし）を盛っている。生米には百円札を、それとわかるように挟み、それらを祭壇に置いていった。家族の名と生年月日を男巫に述べると、男巫は、胸をはり、巧みな筆さばきでそれらを晒しに書いていった。文盲の女たちは、その姿を、さも、賢人を見るがごとく仰ぎみて、息を吐くのだった。

女たちは、

「なにがともあれ、神さま、我が家の平穏と子どもの無事をお願いしますだ」

といったことを声には出さずに、ぶつぶつと呟き祈っていた。

一通りの儀式が終わると、供物をもちよって食べる。あるグループの女たちは、第二寝屋川沿いにバラックを建てて住んでいた。彼女らは、大阪城の中にある陸軍砲兵工廠跡地について、額を寄せてひそひそと語っていた。というのは、朝鮮戦争が勃発してからというもの、金属類の値が右肩あがりに伸びていた。それまでは籠いっぱいのクズ鉄を拾ってもいわしと菜っ葉を買うくらいがやっとだった。

女たちの中で、年のころ、四十にはまだいかないスンニョの様子が変わってきて、皆の心にひっかかるのだった。小学校に通う息子が給食費の袋を見せると、泣きながら箒を持って追いかけていたスンニョが、ある日、すんなりと払ったのだった。女たちに、子どもからその情報が入り、一様に驚いた。そういえば、この頃、夜になると、買い物かごを抱えてどこかに行くスンニョを皆が目撃していた。ある女がスンニョの息子に問いただすと、

「うん！　おかあちゃん、昨日もスズが出た、いうて、コロッケこうてくれてん」

青洟をズズーッと飲みこみながら、得意げに語った。

「アイゴ、姉さん。ええ景気じゃあないの。姉さん、毎晩、毎晩、どこぉ行くの？　うちのガキィ、給食費をくれって泣くじゃないのさ。ええ仕事があるんなら、教えてぇな」

目ざとい女たちは、スンニョを責めるがごとく、白眼を光らせた。スンニョは、もはや、隠しきれないと観念した。砲兵工廠の跡地に潜りこんでいることを白状した。

「なに、ね。うちのおっさん（亭主のこと）、みんなも知っての通り仕事にあぶれた日にゃぁ、朝から酒びたりだろ？　今にも殴られそうになってさ、おっさんが寝つくまで、息子の手をひいて星を見ながら歩いてたのよ……。そしたら、道に迷ってねぇ、真っ暗な中を、あっち行きぃ、こっち行きぃしてると、アイゴッ、なにかにひっかかって、こけたのさ。膝を擦りむいてぇ、アイゴッ、息子は足にクギが刺さって泣くしィ、あたしは、膝から血が出るしィ。……とりあえず座って、暗闇に慣れた眼で辺りを見るとぉ！　鉄の山じゃあないの！　アイゴッ！　ハヌニム（神様）と思ったわ。そうそう、みんなにも、教えてあげようと思ってたのよ」

ずるそうな横眼でスンニョが言うと、

「な、な。今夜から、うちらも一緒に連れてってぇな」

女たちは、膝をすりよせてスンニョに迫った。

「いいよ。……でもぉ、あんまり多いとなぁ。それに、いつもは守衛が眼を光らせてるみたいだよ」

「そうさな、わかったヤゲ。……うちらだけにしとこッ、なッ」

単純な女たちは、今にも宝を手にしたかのように、おもわず顔がほころびてくるのだった。それもこれも、ここ、竜王宮に熱心に通い、神さまにご機嫌伺いをたてているおかげさぁな、と、口にはしないが、皆はそう思っていた。


ある昼さがり、ヨンドギ婆さんのお伴のようなウォルゲが竜王宮を訪ねた。その頃、ウォルゲは、テイニの遺体のないままの弔いを済ませてのち、近所の皆に勧められるままクッをしたが、心は晴れなかった。元気がなく、仕事に出ない日には、一日中部屋に籠っていた。心配したヨンドギ婆さんが、竜王宮でこれから先を占ってみよう、と誘ってきたのだった。ウォルゲは、虚脱したように、なにも信じることができずにいた。これから先を占ってもらってどうなるというのだろうか。なにが変わるというのだろう。

ウォリが小豆粥を持って出てきた。あまりにもウォリの様子が変わっていたので、ウォルゲは、妹だとわからなかった。ウォリが、ハッとした表情をして、オンニ！（お姉ちゃん）と言った。驚いて顔をあげたウォルゲに、ウォリがわからないわけがなかった。お互いに、アイゴ！　と言って抱き合った。言葉は続かず涙だけが流れていった。

「アイゴ！　ウォリやぁ、どこでどうしていたの？」

「お姉ちゃんこそ、どこでどうして。便りもないもんだから……。生きてるやら、死んでるやら」

「便りもくそも、生きるのが精いっぱいで、それどころじゃあ……」

「なんだか、お姉ちゃんじゃないみたい。……どうしたん？」

「おまえこそ、乞食みたいにやつれてしまって……」

と言ってまたふたりは泣いてしまった。

「オモニ（母）は？」

「どうなったか……。あっちは解放されたというのに、また動乱続きで、その時にあたしとスナニを密航させてくれたんだけどぉ、その後に戦争やから……。密航してきた人に聞いても、みんな、貝みたいに口を閉じてしまって……」

「そう、……あたしも、テイニの消息がわからずにいたけれど、脱走して捕まって殺されたらしいんや」

「アイゴッ、オッ、オッ。……それで、クッはしたん？」

「したことはしたけれど、なんもかわらんよ」

ウォルゲは、逆瀬川にある朝鮮部落での縁談に心が迷っていた。

（三十二）　帰国熱

ウォリは、先ほどからずっとスナニのことを見ていた。手が汚れるからと、水仕事はおろか掃除洗濯に至っても、ウォリに頼りきりだった。だから、華奢な手はスーッと伸びて、肩から腰にかけても、腰高な線を保っていた。母親のウォルミに似て、眼と眼の間が広く、きれ長な眼は白眼が勝って、薄いブルーのそこは吸い込まれそうな輝きがあった。唇はかすかに上を向き、上下ともぽっちゃりとしている。笑うと真珠のような歯が見えた。触れると指が沈みそうな蠟に似た皮膚をしていた。

ウォリとて、色白ですべすべとした肌をしていたが、男を知らずに来たせいか、スナニのような妖艶さはなく、また日ごろの炊事洗濯のために、手はかさかさに乾いていた。スナニは月に一度か二度、ふらりとどこかへ行き、五日か一週間ほども戻ってこなかった。もう戻らないのか、と思っていると、腹をたてたような、憤懣やるかたない、という調子で帰ってきた。そこは、母親のウォルミと違うところだった。ウォルミはどこか投げやりで、死を匂わせていた。しかし、スナニは誰かを憎むことによって、生きる力を保つようでもあった。ウォルゲが逆瀬川に住んでまもなく、スナニは、突然ウォルゲを尋ねていった。

金物景気が下落していくと、また、先の見えない不景気に落ちていった。朝鮮人部落に住む人間たちにとっても、土方や工場で働けるうちはいいものの、怪我をしたり、病気になるとたちまち逼迫しだした。竜王宮を訪ねてくる人たちの話題も嘆くことが多くなっていった。だからという訳でもないが、竜王宮は繁盛していった。お布施でどうなるものでもないが、神房に、なんとかいい卦がでるようにと、絞りだしたような金をばらまくのだった。

そんなある日、北の金日成将軍から、日本にいる同胞にむけた声明文が発表された。「在日朝鮮人は共和国公民である。いつでも帰国すれば、迎える用意はできている。アパートに限らず、教育費、治療費などすべて無料である」というのだ。日本にいては、朝鮮戦争の時の報道管制が、北朝鮮の廃虚ぶりを想像させなかった。朝鮮戦争特需で沸いた日本の基準で考えていたのだった。このことが、竜王宮でも、もっぱらの話題になっていた。

「アイゴ、姉さん。……こんな、お先真っ暗な日本にいるより、子どものためにも帰国しようじゃないの。北だぁいうても、自分の国だよ。解放されて、やっと、自分の国の言葉で生活できるんだよ……。クニだよクニ。なッ。なんでも、アパートもタダで用意してあるし、ビョーインもガッコもタダだってよ。こんな夢のような話があるかね」

「ほんでも、うちの先祖は、済州島じゃが……」

「なに言ってんの。また、あの、貧しい汚い生活に戻るのかい？　それに、イースンマンにしても、パクチョンヒにしても、ひどいアカ狩りをして、そりゃあ、さんざるじゃ言うてるが」

「さんざるって？」

「アイゴ、姉さん知らんの？　見ざる、聞かざる、言わざる、いう、さんざるじゃがね。なんでもこの前、おじさんが済州へ行ってきたんじゃが、あまりにもかわいそうで、はいてるパンツまで置いてきたっちゅうで」

「そうだなあ。……たしかに、ここでガッコ出たって就職できんもんなぁ」

　無学な女たちにとっては、竜王宮がひとつの情報源で、海外同胞を暖かく迎え入れる準備が整ったという金日成将軍の声明は、在日社会に麻薬のように浸透して効いていった。このような噂は、スナニの耳にも届いていた。ウォルゲの家に居続けているうち、部落の男と世帯を持つように勧められて、スナニは心中で逃げる口実を考えていた。土方仕事はホイホイとこなす男だったが、文盲に近く、周りからモントングリ（脳なし）とからかわれている男だった。なにぃ、仕事はまじめで、家にはいつも米に味噌、胡麻に油など山と積んでくれるさね、なんの文句があろうかい、という理屈だった。スナニは、ここでも自分は浮かばれない、そう思った。ウォルゲに、北に行って新しい生活を始めよう、ともちかけたのだった。

(三十三)　終焉

カナは、ひとり泣いていた。誰かを呼ばなくてはならないことはわかっていた。ウォルゲが最後に口を利いてから数日経っていた。

カナがいつものようにウォルゲの部屋に来ると、混濁しはじめていた白眼から溢れるように涙が流れていた。カナがハンカチを濡らして乾いた唇をふき涙をふきとろうとすると、じっと天井を見ていたウォルゲが小さく、

「オンマ（母ちゃん）」と言ったのだ。しかし、聞きとれなくてカナが、

「えっ？　なに？　ハルモニイ」と言いながらウォルゲの体を揺すると、まるでウォルゲの体から魂が抜けていくのか、ウォルゲは小さくしぼんでいくようだった。

カナは、ずっとウォルゲの世話をしてきて、ウォルゲの断片的な話を思いだしていた。

ウォルゲは痛みの少ない日は顔をあげて、カナに、生まれた済州島のこと、赤ん坊の頃に、自分の糞を食べて、母親に、犬糞子《ケットンイ》（済州島では、幼い児を犬糞子と呼んでかわいがる）じゃなくて、豚糞子じゃあ、とからかわれたことなどを少し微笑みながら話した。そして、父の顔も知らずにきたが、父

はウラジオストックの人らしいこと、元気になったら一度でいいから、ウラジオストックに渡ってみたいことなどを話した。そして、牛島で海女修業をしていた頃の、その時だけは、活き活きと声が弾んでいたことを思っていた。

ある日、もう少しで意識が無くなるのを予感していたか、ウォルゲは決して離さずに持っていたチュモニ（巾着）をカナにくれながら、

「ありがとうよ。……どんなときにも、動くには金がいる。大事にしなよ……」と言ってくれた。中には、しっかりと紙に包まれた日本円の三万円が入っていた。三万円がどれほどの値打ちがあるのかさえ、カナにはわからなかったが、これはどこかに隠さなくてはならないことを、賢いカナは悟っていた。ウォルゲは、その時、

「今ねぇ、夢を見ていたよ。昔、海に潜っていた頃のことさ。大きなアワビなどを見つけると夢中で潜りつづけて、溺れて死んだ仲間が多くてね、浮かんでこないと弔いもできないじゃないか？　するとね、舌骨だけが村の海に浮いているのが見えたんだ。ああ、昔、昔、あたしたちは、魚だったんだろうかねぇ。あたしは、いつからかねぇ……。それはそれは深い海の底にいると、息が苦しくなってきて、一瞬、このまま海の藻くずになってしまってもいいな、と思うことがあったよ。それからのあたしの人生ったら、ハ、ハ、ハ。どこかで、もうひとりのあたしがあたしを見てるんだよ」

と言ってからまた眼をつぶった。

「ハルモニィ、しっかりして……」

カナはウォルゲの肩を揺すりながら、なぜか涙が出てきた。それは、お金をくれた喜びなのか、この、金によって変わる自分の未来への武者震いなのか、よくわからなかった。

先日も、

「あたしのことを、かわいそうだと思ってるのかい？　そうさな。身よりもなくここに渡ってきたんだから、かわいそうに見えるだろうさ。あたしは、子を一人生んで育てたがね、徴用にひっぱられて、どこでどう死んだか、骨も拾えなかったさ。これが、あたしのパルチャ（宿命）かね……。ここから、ウラジオストックは近いだろ？　あたしは、ウラジオストックにいるというあたしの父になる人に会ってみたいねえ……。だってさ、あたしは偶然に生まれたんだろうが、その人がいなかったら、あたしは生まれていないんだからねぇ……」

「ハルモニィ、元気になったら、わたしが、その、ウラジオストックに連れていってあげますよ」

カナがそう言うと、ウォルゲは、悲しそうに眉をさげてから言った。

「おうよ……。あんたは優しい娘だねぇ……、これからだねぇ……」そう言ったウォルゲは、ほんの少し微笑みながら、力強い眼になって、

「もし誰かがあたしを尋ねてきたら、こう言っておくれぇな。いいかい。あたしは、偶然生まれたんだがね、生きることに、なんの不安ももたなかったけれどね、希望もなかったよ……。字を覚えて

からもずっとそう思ってきたさ。済州島も日本も、この共和国も、住んでみりゃ、おんなじだ。人間の一生なんざぁ、短いねぇ。息をして、食べて糞して終わりだ。そう思わないかい？　なにぃ、あたしが絶望したことはないかって？　絶望って、自由がないことかね？　いやあ、飢えて死ぬ自由くらいはあるさ……。ハハハ。それでもあたしは、あたしが選んでいった道で、あたしは自分の運命の主人公だったろう？　愉しい旅だったよ。人間は、どこで亡くなろうと、皆、平等に土に還るんだ。裏山に埋めるんだろう？　嬉しいねぇ……。蟲が這うんだろう？　あたしも、その蟲になるのかね。いつの日にか、誰かがあたしを尋ねてきたら、あたしは、あたしの身に起きたことを引きうけて死んでいったよ、と話しておくれ。なッ」

と言った。カナは、泣きながらうなずくしかなかった。

ハルモニィ、と小さく呟くあばた婆さんは、すっかり老いてしまった。とうに、ウォルゲの年を越えてしまい、ひとりで、ウォルゲの臨終の頃のことを、壁や天井に眼があり、耳があるとでもいうように繰りかえし、話している。

「よぉく、ハルモニを尋ねてきなさった。ハルモニの最期を聞いてくだされ」

ウォルゲが死の淵をまたいだのは、霧雨のふる夕刻、太陽が今にも地平線に沈もうとしていた。となりに住む老人が、部屋の入口に石で小さな竈を作り、柴がはぜる赤い火にまだ硬い桃を入れた鍋をかけていた。ウォルゲは、いっとき息が止まり、また弱弱しく息をする、その繰り返しを一日続けた。隣室にウォルゲは何度も虚空に手を伸ばして、弱弱しくも、カッ、カッ、と痰を吐きだそうとしていた。ウォルゲの呻きはとどかなかったのか。いや、そこでは、誰が先かなど問題ではない。虚空を摑みとろうと伸ばした指、細くなっていく息づかいが途絶えたあと、どれほどの時間が、ある見当をつけて見守られたのか、ウォルゲの頸が、ガクンと枕から外れ、喉を鳴らして息絶えてからの空白。その静謐な時間、東の海は一気に潮が引いた。ウォルゲの声は、誰にも届かないまま、不思議なことに、舌骨だけが滑りだし、新しい夢の淵、西へと泳いでいった。すべては儚く淡く不確かなまま、ウォルゲは原始の頃のように、魚になったか、藻になってたゆたうのか、誰も知らない。

あばた婆さんは、とうとう、あの三万円の使い道もないまま、惚けてしまった。柿の木の下で、こっくり、こっくりといねむりを続けている。甘美な死の誘惑に惑わされながらも、名残惜しそうに、時々覚醒しては、あたしもハルモニになりましただ、ハルモニィ、と呟き、いや！ ハルモニよりも長く生きましただ。へ、へ、へ。あたしもその……、運命の主人公とやらになりましただか？ と問うてみるのだった。

その日、あばた婆さんの口が半開きになって、ネバネバした口蓋が見えた。ふくらんだ瞼から、わずかながら、白眼がのぞいていた。あばた婆さんは、それが永遠の眠りにつくとも知らず、二度、三度、ウッ、ウッと唸り、胸を押さえてからうなだれて逝った。

あとがき

確かに存在しているのに誰の眼にも見えない。そんな私がいる。

私は誰か？　そんな疑問と焦燥はどうやったら理解してもらえるのだろうか。

この小説の主人公の叫びが読者に届くだろうか、そんな不安を抱えて世に出すことになった。

私は、見合いをしたときに、私の出自が両親、特に母親の生まれた済州島南部の土地に差別される側にいることが分かった。どうして差別するのか、と済州島へ行き、手当たり次第に聞いて歩いた。人々の反応は例外なく分からないと言った。伝説であると。そう言い伝えられているからという。伝説といっても始まりの事柄があるはずであると食い下がってもよく分からないと言った。よく分からないことのために私は人に警戒され見下げられるのか、と腹立たしくあったが、一度人の心に植え付けられた、自分より劣った人がいるという意識は抜きがたく伝えられていた。昔は流刑の地であったという。在日社会は百年も前の時代を生きていた。

昔、その地域に疫病が流行したのだろうか、恐るべき犯罪が起きたのだろうか、と考えていた私は、拍子抜けした。チバン（家柄）が悪いという私は、小説の中で破滅的な主人公を描いた。読者は目を背けるだろうか。儒教に教えられた朝鮮の女はこんな破廉恥ではない、冒涜するな、とおしかりを受けるだろうか。生きる逞しさなどと軽々しく言わないでほしい。日本で生まれて育った私にこの物語の登場人物が分かるわけがない。すべて私の想像である。なぜそうまでして生きねばならないか、私は、自身を傷つけながら描いたが未完成である。読者には申し訳ないと思う。

＊初出　原題「夢の淵《ワダ》」
Ⅰ『地に舟をこげ　在日女性文学』4号　二〇〇九年
Ⅱ『地に舟をこげ　在日女性文学』6号　二〇一一年
Ⅲ『地に舟をこげ　在日女性文学』7号　二〇一二年

＊参考図書
『朝鮮紀行～英国婦人の見た李朝末期』著者　イザベラ・バード著、時岡敬子訳、講談社学術文庫、一九九八年

著者紹介

金由汀（きむ ゆじょん）

1950 年生まれ。小説家。

受賞作「むらさめ」（第 28 回部落解放文学賞入選　2002 年）、「ぶどう」（第 23 回朝日新聞らいらっく文学賞入賞　2002 年）。

ほかに「113 番」「タンポポ」「イカ釣り」（以上、Kindle 版電子書籍）などがある。

セーチャメ　三姉妹

2023 年 2 月 1 日初版第 1 刷発行

著／金由汀
発行者／松田健二
発行所／株式会社　社会評論社
〒 113-0033　東京都文京区本郷 2-3-10　お茶の水ビル
電話　03（3814）3861　FAX　03（3818）2808
印刷製本／倉敷印刷株式会社
装　丁／中野多恵子
感想・ご意見お寄せ下さい　book@shahyo.com